CHRISTIAN GUDE
Kammerspiel

»I'D LIKE TO TALK.« Überqualifiziert als Ladendetektiv? Kein Problem für den Darmstädter Kriminalhauptkommissar a. D. Karl Rünz. Er startet durch als Privatermittler. Sein erster Auftraggeber: ein Psychoanalytiker, der einen seiner Patienten vermisst. Kein gewöhnlicher Patient – und alles andere als ein gewöhnlicher Fall für den frischgebackenen Detektiv. Klient und Schnüffler treffen sich über mehrere Wochen immer wieder in der Detektei, um den aktuellen Ermittlungsstand zu besprechen. Aus dem Arbeitsverhältnis entwickelt sich eine bizarre, von Misstrauen und Täuschung geprägte persönliche Beziehung. Ein raffiniertes Katz-und-Maus-Spiel beginnt, in dem Realität und Fiktion immer mehr verschwimmen. Ein Spiel, in dem sowohl den Protagonisten als auch dem Leser immer wieder der Boden unter den Füßen weggezogen wird.

 Christian Gude wurde 1965 in Rheine/Westfalen geboren. Er studierte Geografie in Mainz und lebt heute mit seiner Frau und seinem Sohn im südhessischen Darmstadt. Für ein international operierendes Consulting-Unternehmen arbeitet er als Marketingexperte.
Seit 2007 schreibt Gude im Gmeiner-Verlag Kriminalromane, in deren Mittelpunkt der Darmstädter Kriminalhauptkommissar Karl Rünz steht. Im fünften Band nun ermittelt der kauzige Misanthrop auf eigene Rechnung – als Privatdetektiv. Die Rünz-Fälle sind anders – sie verbinden präzise Recherche mit satirischem Sprachwitz, Gesellschaftskritik mit absurder Situationskomik und faszinierenden wissenschaftlichen Detailreichtum mit pointierten Dialogen.

Bisherige Veröffentlichungen im Gmeiner-Verlag:
Kontrollverlust (2010)
Homunculus (2009)
Binärcode (2008)
Mosquito (2007)

CHRISTIAN GUDE
Kammerspiel
Der fünfte Fall für Rünz

Original

GMEINER

Personen und Handlung sind frei erfunden.
Ähnlichkeiten mit lebenden oder toten Personen
sind rein zufällig und nicht beabsichtigt.

Besuchen Sie uns im Internet:
www.gmeiner-verlag.de

© 2012 – Gmeiner-Verlag GmbH
Im Ehnried 5, 88605 Meßkirch
Telefon 0 75 75/20 95-0
info@gmeiner-verlag.de
Alle Rechte vorbehalten
1. Auflage 2012

Lektorat: René Stein
Herstellung: Julia Franze
Umschlaggestaltung: U.O.R.G. Lutz Eberle, Stuttgart
unter Verwendung eines Fotos von: © Big City Lights – Fotolia.com
Druck: GGP Media GmbH, Pößneck
Printed in Germany
ISBN 978-3-8392-1326-1

Wir stehen selbst enttäuscht und sehn betroffen
den Vorhang zu und alle Fragen offen.

Bertolt Brecht

PROLOG

Rünz steckte sich eine Roth-Händle in den Mundwinkel und zog die Streichhölzer aus der Hosentasche.

»Nichtraucherzone«, knurrte der Filialleiter missmutig, ohne von seinen Unterlagen aufzublicken. Dann schaute er Rünz vorwurfsvoll an. »Sie haben in den vier Wochen, die Sie bei uns sind, keinen einzigen Ladendieb dingfest gemacht.«

»In Ihrem Laden wird halt nicht geklaut, seien Sie doch froh«, nuschelte Rünz mit dem kalten Stängel zwischen den Lippen.

»In meinem Baumarkt wird alles geklaut, was nicht festgeschweißt ist. Wir mussten bei der letzten Inventur fünf Prozent ungeklärte Abgänge verbuchen.«

»Tja, sieht so aus, als hätte mein Vorgänger die Lage nicht im Griff gehabt«, konterte Rünz.

»Ihr Vorgänger hat im Schnitt pro Tag anderthalb Ladendiebe gefasst. Sie keinen einzigen. Wie erklären Sie sich das?«

»Der Typ hatte offensichtlich keine abschreckende Wirkung. Prävention ist alles. Wenn die Kunden mich sehen, traut sich keiner mehr, sich was in die Hosentaschen zu stecken.«

»Die Kunden, die Sie mit Ihrem Trenchcoat, dem hochgestellten Kragen, der Sonnenbrille und diesem dämlichen Hut sehen, vergessen vor Lachen das Einkaufen. Ich könnte genauso gut Oliver Pocher im Bikini als Ladendetektiv hinstellen, der würde nicht weniger auffallen. Ich hatte schon zwei Anfragen von Leuten, die Sie für Betriebsfeste buchen wollten. Und gestern stand hier ein Vater mit seiner Tochter und beide haben Stein und Bein geschworen, in der Farbenabteilung würde ein Exhibitionist rumlaufen.«

»Ich halte den Trenchcoat grundsätzlich geschlossen,« widersprach Rünz entschieden.

Der Filialleiter schaute wieder auf seine Unterlagen und schüttelte resigniert den Kopf. »Nein, Herr Rünz, ich glaube, Ihre zwanzig Jahre Erfahrung in der Mordkommission helfen uns hier nicht weiter. Bitte, Ihre Papiere. Suchen Sie sich was anderes. Arbeiten Sie als Nachtwächter im Landesmuseum oder als Türsteher in einer Seniorendisco. Irgendwas werden Sie schon finden. Notfalls schreiben Sie einen Roman oder machen Sie eine Detektei auf, so was geht immer. Alles Gute für die Zukunft.«

ERSTER AKT

1

Detektiv: Kann ich Ihnen etwas anbieten, Herr Lakan? Scotch? Bourbon? Pur oder on the rocks?

Klient: Ein Mineralwasser vielleicht, danke. Interessante Inneneinrichtung haben Sie. Passt zu Ihrem exklusiven Getränkeangebot. Ein wenig old-school, würde ich sagen. Ungewöhnlich für eine Detektei, finden Sie nicht?

Detektiv: Ich hoffe, es gefällt Ihnen! Ich bin ein Fan der Schwarzen Serie, dieser alten amerikanischen Detektivstreifen aus den Vierzigern und Fünfzigern. Deswegen auch der Ventilator, die Jalousien, das alte Telefon, die gusseiserne Schreibmaschine und das ganze Zeugs. Hat mich monatelange Flohmarkt-Recherche gekostet. Und ich hasse Flohmärkte. Ist doch für die Klienten mal was anderes als diese schmucklosen Buchhalter-Hinterzimmer. Hier, Ihr Mineralwasser. Stört es Sie, wenn ich rauche?

Klient: Danke. Nein, nur zu – aber sind Sie sicher, dass Ihnen das guttut? Ihr Husten klingt übel.

Detektiv: Sorry, habe erst vor ein paar Wochen angefangen mit der Qualmerei. Das mit den Lungenzügen macht mir noch ganz schön zu schaffen. Kostet ziemlich Überwindung.

Klient: Sie haben in Ihrem Alter angefangen zu rau-
            chen? Mein Gott, Sie meinen es wirklich
            ernst mit Ihrem Bogart-Image. Jetzt verstehe
            ich natürlich auch Ihr Firmenschild ›Private
            Investigations‹.

Detektiv: Von nichts kommt nichts. Im Polizeipräsidium
            hatte ich diesen schneidigen Sven Hoven als
            Vorgesetzten, der mir immer einhämmerte, ich
            solle konsequent meine Unique Selling Points
            herausarbeiten und auf stimmiges Corporate
            Design achten. Nun – ich denke, ein wenig
            davon ist bei mir hängen geblieben.

Klient: Sie waren Polizist?

Detektiv: Ermittler. Mordkommission, um genau zu
            sein. Ich habe die Ermittlungsgruppe Darm-
            stadt City geleitet. Dreiundzwanzig Jahre
            lang.

Klient: Dann ist diese Detektei Ihr Zeitvertreib für den
            dritten Lebensabschnitt? So wie sich andere
            Pensionäre Ihren Modelleisenbahnen, Schre-
            bergärten und Bierbäuchen widmen?

Detektiv: Nicht ganz. Das Präsidium hat mich in den
            Vorruhestand geschickt. Ich will es mal so aus-
            drücken: Zwischen meinem Vorgesetzten und
            mir existierten unüberbrückbare Differenzen,
            was die Ausgestaltung der Ermittlungsarbeit
            anging. Und dann war da noch ein unange-

nehmer Zwischenfall mit einem guten Freund und Kollegen. Was amüsiert Sie so?

Klient: Na ja, ich denke gerade an diese alten Detektivfilme. Kommt da nicht immer gleich am Anfang eine mysteriöse, schöne Blondine ins Büro, reicht einen Umschlag mit Geld über den Tisch und gibt dem abgehalfterten Schnüffler einen Auftrag, an dem er sich so richtig die Finger verbrennt?

Detektiv: Sie haben recht. Als Femme fatale gehen Sie natürlich nicht durch, aber das mit dem Umschlag wäre doch schon ein prima Einstieg! Und Ihr Auftrag, ist der wirklich so heiß?

Klient: Sicher nicht für einen Mann mit Ihrer Erfahrung. Wo soll ich anfangen? Nun, ich arbeite als Psychoanalytiker hier in Darmstadt. Was ist los, Sie schauen so seltsam, habe ich etwas Falsches gesagt?

Detektiv: Nein, überhaupt nicht, entschuldigen Sie. Es ist nur so: meine Erfahrungen mit Seelenärzten sind eher durchwachsen.

Klient: Sie haben selbst eine Psychoanalyse hinter sich?

Detektiv: Nein, eine Paartherapie. Mit meiner Frau.

Klient: Und? War sie nicht erfolgreich?

Detektiv: Wie man's nimmt. Die Scheidung läuft.

Klient: Nun, ohne die Arbeit meines Kollegen – oder
           meiner Kollegin – schönreden zu wollen: Das
           muss kein Misserfolg sein! Aber ich kann Sie
           beruhigen, ich habe völlig andere Schwer-
           punkte. Ich arbeite mit Menschen, die eine
           Transplantation hinter sich haben. Men-
           schen, die mit Organen Verstorbener leben.
           Den meisten meiner Patienten geht es phy-
           sisch gut, sie können ein annähernd norma-
           les Leben führen. Aber der Gedanke an eine
           fremde Niere oder gar ein fremdes Herz in
           ihrem Körper belastet sie, bei manchen reicht
           das bis an die Grenze des Erträglichen. Eine
           psychische Abstoßungsreaktion, wenn Sie so
           wollen.

Detektiv: Es geht also um einen Ihrer Patienten?

Klient: Nennen wir ihn vorerst Patient X – so lange
           wir noch keine feste Vereinbarung getroffen
           haben. X ist 24 Jahre alt und lebt hier in Darm-
           stadt. Er hatte vor vier Jahren eine irreversi-
           ble chronische Herzinsuffizienz, Folge einer
           zu spät diagnostizierten Herzmuskelentzün-
           dung. Vor zwei Jahren wurde ihm an der Uni-
           klinik in Frankfurt ein Spenderorgan implan-
           tiert, mit weitgehend komplikationsfreiem
           postoperativem Verlauf und guter Prognose.

Er entwickelte allerdings recht bald nach der Operation manisch-depressive Symptome, litt unter massivem Steuerungsverlust, der die lebensnotwendige Dauermedikation gefährdete.

Detektiv: Seit wann ist er bei Ihnen in Behandlung?

Klient: Seit anderthalb Jahren. Anfangs kam er zweimal pro Woche. In den letzten sechs Monaten haben wir hochfrequent gearbeitet, mit vier Sitzungen wöchentlich.

Detektiv: Mein Gott, ein hoffnungsloser Fall …

Klient: Überhaupt nicht! Wir haben gute Fortschritte gemacht. Aber die Arbeit an der Seele hat ihr eigenes Tempo.

Detektiv: Wenn ich anderthalb Jahre lang gute Fortschritte machen würde, wäre ich Innenminister! Konnten Sie ihm helfen?

Klient: Dann säße ich wahrscheinlich nicht bei Ihnen. Die meisten Transplantierten lernen in der Therapie mühsam, das als fremd empfundene Organ als etwas Eigenes anzuerkennen. Doch Patient X war viel krasser und entschiedener in der Ablehnung seines neuen Herzens als alle anderen, die ich behandele oder jemals behandelt habe. Er empfand das Organ nicht nur als Fremdkörper, sondern als potenzielle

Bedrohung. Als Kontaminationsquelle, als Beschmutzung und Besudelung seines Körpers. Sein emotionales Verhältnis zu seinem neuen Organ schwankte zwischen Hass und Ekel.

Detektiv: Kannte er vielleicht den Spender?

Klient: Absolut ausgeschlossen, so etwas gibt es nur bei Lebendspenden in Familien. Diese Transplantationen werden von ›InterTransplant‹ hundertprozentig anonym vermittelt. Ich hatte schon recht früh den Eindruck, dass eine neurotische Störung vorlag, die mit der Operation nichts zu tun hatte. Eine Neurose, die seine Ablehnung gegen das Herz weit über das normale Maß hinaus verstärkte. Um dieser Störung auf den Grund zu gehen, versuchte ich, ihn dazu zu bringen, in der Analyse frei zu assoziieren, über was auch immer ihm gerade einfiel. Nach einer Weile stellte er fest, dass er in mir einen ausdauernden Zuhörer gefunden hatte, ganz egal, worüber er sprach. Von Stunde zu Stunde redete er weniger über die Transplantation und sein neues Herz. Aber nicht, um sich mit seinem Leben und seinen Ängsten, seiner Kindheit und Jugend zu beschäftigen, wie die meisten meiner Patienten. Er begann, über Gesellschaft und Politik zu schwadronieren, räsonierte über Werte wie Treue, Mut und Kameradschaft, die Bedeutung von Nation und Vaterland, welchen

Bedrohungen sie – angeblich – von innen und
außen ausgesetzt sind.

Detektiv: Ein Nazi? Hat er Glatze und Springerstie-
fel?

Klient: Er trat äußerlich vollkommen unauffällig
auf: halblange Haare, kariertes Hemd, ver-
waschene Jeans, Turnschuhe, der Allerwelts-
look, den Sie heute auf jedem Unicampus finden. Seine Äußerungen standen in gewissem
Widerspruch zu diesem Auftreten, aber als
Nazi hätte ich ihn in dieser Phase noch nicht
bezeichnet. Sehr konservativ, ja. Aber kein
Nazi. Doch irgendwann tauchten xenophobe
Motive auf, und immer häufiger.

Detektiv: Xeno... was?

Klient: Ablehnende Haltungen gegenüber allem, was
ihm fremd erschien. Hier mal eine abschät-
zige Bemerkung über den italienischen Pizza-
bäcker um die Ecke, dort eine kleine Schmä-
hung seines türkischen Sachbearbeiters bei
der Arbeitsagentur oder ein Seitenhieb auf
schwule Politiker. Oft fielen diese Bemerkungen in Nebensätzen. Und immer machte
er danach eine kleine Pause.

Detektiv: Er wollte Ihre Reaktion testen.

Klient: Genau.

Detektiv: Und. Haben Sie ihm widersprochen?

Klient: Natürlich nicht, ich bin Analytiker. Wenn ich seine Einstellung moralisch bewertet oder versucht hätte, ihn zu belehren, wäre die Analyse zum Scheitern verurteilt gewesen. Nein – durch diesen braunen Sermon musste ich waten, um zum Kern seines Problems vorzustoßen. Da ich ihm nicht widersprach, wurde er von Stunde zu Stunde mutiger, monologisierte endlos. Nach wenigen Sitzungen war mir klar, dass ich einen dogmatischen und fanatischen Neonazi vor mir auf der Couch liegen hatte. Manche Therapiestunden glichen fünfzigminütigen Hasstiraden, ich kam mir manchmal vor wie auf dem Reichsparteitag. Ich habe in den letzten Monaten unfreiwillig einen detaillierten Einblick in die gesamte paranoide rechtsradikale Vorstellungswelt bekommen, von der Verklärung des Dritten Reiches über die Leugnung des Holocaust bis zum umfangreichen Spektrum antisemitischer Stereotypen, Ressentiments und Wahnvorstellungen – von der jüdisch-bolschewistischen Weltverschwörung bis zu den Protokollen der Weisen von Zion.

Detektiv: Ich hoffe, er hat Sie nicht überzeugt, Herr Lakan.

Klient: Überzeugt? Ja. Davon, dass er und seine Gesinnungsgenossen wirklich kranke Menschen sind.

Detektiv: Aber da haben Sie doch die Gründe für sein gespaltenes Verhältnis zum Spenderherz. Er konnte ja nicht wissen, ob es rassisch von einwandfreier Herkunft war. Ob es nicht von einem Türken, einem Afrikaner oder gar einem Juden stammt.

Klient: Genau! Der schlagende Vorteil rechtsradikaler Gesinnung ist ja die beneidenswerte Fähigkeit, das Böse und Schlechte immer im anderen, doch nie in sich selbst zu sehen. Aber einem fremden Herzen in Ihrem Brustkorb können Sie nicht einfach das Asylgesuch ablehnen, es mit ein paar Tritten über die Grenze treiben oder ihm den Krieg erklären. Sie *müssen* sich mit ihm arrangieren.

Detektiv: Er muss wild darauf gewesen sein, die Identität des Spenders herauszufinden.

Klient: Er hat mir von seinen Bemühungen diesbezüglich wenig erzählt. Aber ich vermute, dass er alles dafür unternommen hat. Er hatte Phasen, in denen ich fürchtete, er würde in die Niederlande fahren und in der Zentrale von ›InterTransplant‹ eine Bombe zünden, weil sie ihm nicht weiterhalfen. Dann wieder, in seinen manischen Stimmungen, redete er sich ein, seine neue Pumpe funktioniere so prächtig – sie könne unmöglich von rassisch minderwertiger Herkunft sein. Er kam sich dann vor wie eine nordische Gottheit.

Detektiv: Warum lehnten Sie die weitere Behandlung nicht ab? Diagnose: nicht therapierbar.

Klient: Ich habe mit dem Gedanken gespielt. Einerseits war ich abgestoßen und angeekelt von dieser Borniertheit, diesem Hass und dieser Unfähigkeit zur Selbstkritik. Andererseits: Wissen Sie, wie oft Sie in einem Berufsleben als Analytiker die Chance bekommen, mit einem Nazi zu arbeiten, der aufgrund seiner körperlichen Disposition *gezwungen* ist, sich mit den inneren, unbewussten Motiven seiner Weltanschauung auseinanderzusetzen?

Detektiv: Sie denken, Sie können ihn heilen? Das nenne ich Hybris. Sie sind heiß auf den Nobelpreis!

Klient: Ich gebe zu, auch ich bin ehrgeizig und eitel. Und ich halte einen Erfolg nach wie vor nicht für ausgeschlossen.

Detektiv: Und welche Rolle spiele ich in der künftigen Ménage-à-trois? Brauchen Sie Verstärkung? Einen zweiten Mann an der Couch als Leibwächter?

Klient: Er hat vor sechs Wochen die Analyse ohne Vorwarnung abgebrochen. Seitdem ist er weder telefonisch noch schriftlich oder per Mail zu erreichen. Ich habe seinen Hausarzt kontaktiert, der ihn an mich vermittelt hat.

Er hat sich dort für zwei Monate im Voraus Rezepte für seine Medikamente ausstellen lassen.

Detektiv: Und jetzt wollen Sie, dass ich nach ihm suche? Sie beauftragen für jeden Patienten, der ohne Erklärung die Analyse abbricht und nicht erreichbar ist, einen Detektiv? Das können Sie mir nicht erzählen. Klingt zu sehr nach Arztserie. Nach dem aufopfernden Chefarzt, der neben dem Raucherbein auch noch die zerrüttete Ehe des Patienten rettet.

Klient: Natürlich nicht. Dieser Patient ist, wie gesagt, eine besondere professionelle Herausforderung für mich.

Detektiv: Und warum ich? Warum nicht die Polizei? Eine Vermisstenanzeige. Ist doch naheliegend. Und billiger für Sie!

Klient: Weil ich unter ärztlicher Schweigepflicht stehe. Weil ich all das, was ich Ihnen gerade erzählt habe, der Polizei berichten müsste. Weil die Polizei nach einem Volljährigen erst dann fahndet, wenn begründeter Verdacht besteht, dass sein Verschwinden in irgendeinem Zusammenhang mit einer Straftat oder einem drohenden Suizid steht. Weil die Polizei ihm Fragen stellt, wenn sie ihn findet, anstatt mir einfach diskret Meldung zu erstatten. Aber was erzähle ich Ihnen, Sie waren ja

Polizist. Reichen Ihnen diese Gründe nicht? Natürlich würde ich meine ärztliche Schweigepflicht selbst verletzen, sobald ich Ihnen seinen Namen verrate. Aber da Sie mir gegenüber zur Vertraulichkeit verpflichtet sind, bleibt der Kreis der Eingeweihten klein.

Detektiv: Was ist mit seinen Angehörigen? Eltern, Freunde? Vielleicht haben die längst die Polizei kontaktiert.

Klient: Seine Mutter lebt hier in Darmstadt, aber ich kenne weder ihre Adresse noch ihre Telefonnummer. Von anderen Angehörigen hat er nie gesprochen. Aber seien Sie vorsichtig, wenn Sie sie kontaktieren, ich glaube, er hat ihr nie von der Transplantation erzählt.

Detektiv: Seine eigene Mutter weiß nichts von der Herztransplantation ihres Sohnes? Machen Sie Witze? Er muss vor der Operation monatelang schwerstkrank und bettlägerig gewesen sein, sonst wäre er niemals auf der Warteliste so weit nach vorn gerückt.

Klient: Fragen Sie mich nicht, wie er das gemacht hat. Mein Eindruck war, dass er niemandem in seinem sozialen Umfeld davon erzählt hat. Was seine körperliche Schwäche vor der Transplantation und die langen Klinikaufenthalte angeht, muss er sich irgendwelche Erklärungen ausgedacht haben. Vielleicht hat er seit Jahren keinen Kontakt zu seiner Mutter. Keine Ahnung, alles nur Vermutungen ...

Detektiv: Sie erwähnten eben seinen Sachbearbeiter bei der Arbeitsagentur. Er ist also arbeitslos?

Klient: Exakt. Schön zu sehen, wie schnell Sie sich in die Materie hineindenken.

Detektiv: Ihnen ist klar, dass ich für meine Dienstleistungen Geld nehme? Und die Krankenkasse von Monsieur X wird meine Rechnungen ja wohl kaum übernehmen.

Klient: Ich schließe aus Ihrem Themenwechsel, dass Sie grundsätzlich an diesem Auftrag interessiert sind. Das freut mich. Welchen Tarif berechnen Sie denn üblicherweise?

Detektiv: 900 Euro Tagessatz. Plus Spesen.

Klient: Hmm. Ihr Tagesfixum entspricht sicher den Standards in der Schwarzen Serie. Aber es bietet natürlich keine gute Motivationsgrundlage für eine zeitnahe und erfolgsorientierte Bearbeitung des Auftrages.

Detektiv: Sie sind ganz sicher Psychoanalytiker? Das klingt eher nach Generation BWL. Ein wenig erinnern Sie mich gerade an meinen früheren Vorgesetzten.

Klient: Man muss die Dinge einfach trennen kön-
             nen. Mir schwebt da eher eine erfolgsbasierte
             Pauschale vor, sagen wir in Höhe von 3.000
             Euro inklusive sonstiger Aufwendungen. Ist
             das für Sie akzeptabel? Ich darf Ihr Lächeln
             als Zustimmung interpretieren? Prima. Sein
             Name ist Gerd Welders. In diesem Umschlag
             finden Sie meine Telefonnummer und alle
             Informationen über ihn, die mir zur Verfü-
             gung stehen.

Detektiv: Sagen wir fünf. Plus Spesen.

Klient: Vier inklusive. Mein letztes Wort.

Detektiv: Handeln Sie mit Ihren Patienten auch so
             gnadenlos über Ihr Honorar? Aber gut, Vier
             inklusive. Ich rufe Sie an, wenn ich erste
             Ergebnisse habe.

Klient: Gerne! Lassen Sie uns nächstes Mal wieder
             in Ihrer Detektei zusammenkommen. Ich
             fühle mich wohl auf Ihrem kleinen Filmset.
             Die Atmosphäre verleiht meinem unspekta-
             kulären Auftrag Bedeutung und Dramatik.
             Ich werde mit dem Gefühl nach Hause gehen,
             fortan Teil eines aufregenden und gefährlichen
             Spiels zu sein. Etwas *gewagt* zu haben. Ach,
             übrigens: Als ich Ihr Büro betrat, vorn auf
             dem Firmenschild, da stand noch ein zweiter
             Name, wenn ich mich recht erinnere …

Detektiv: Sie meinen den Autor, Raoul Rockwell?

Klient: Richtig, Rockwell. Er nutzt dasselbe Büro wie Sie?

Detektiv: Nein, wir haben die Räume hier gemeinschaftlich angemietet. Er nur aus steuerlichen Gründen, aber verraten Sie das bitte nicht dem Finanzamt!

Klient: Rockwell. Nie gehört von diesem Autor. Was macht er? Belletristik? Sachbuch?

Detektiv: Thriller. Einen hat er erst geschrieben, um genau zu sein. ›Amok‹ ist der Titel. Spielt in Darmstadt. Wenn Sie Interesse haben, ich habe zufällig noch ein Exemplar in der Schublade. Ich glaube, er hat es sogar signiert.

Klient: Oh, danke! Das ist nett von Ihnen. Bin sehr gespannt. Der wird mir die Wartezeit bis zu unserem nächsten Treffen verkürzen.

2

Klient: Ja, das ist er, der Zweite von rechts in dieser Gruppe mit den schwarz Gekleideten. Woher haben Sie das Foto?

Detektiv: Vom Webauftritt eines bundesweiten Antifa-Netzwerkes. Die Aufnahme wurde vor einem Jahr bei einem Naziaufmarsch in Dresden geschossen, zu dem Welders und seine Gesinnungsgenossen eigens aus Darmstadt angereist sind. Die Gruppe nennt sich ›Darmstädter Kameraden‹.

Klient: Hm. Die Banner und Plakate sehen alle so modern aus, nach Graffiti und Jugendkultur. Ich dachte, diese Neonazis schmücken sich mit Runen, Reichskriegsflaggen, Wehrmachtssymbolen und diesem ganzen Kram.

Detektiv: Hat mich anfangs auch gewundert. Die gehören zu einer relativ neuen Generation von Neonazis, den ›Nationalen Autonomen‹, und grenzen sich bewusst von der alten Garde ab. Kleine, schlagkräftige Gruppen mit geringem Organisationsgrad, gibt's heute in jeder größeren deutschen Stadt. Die treten so auf, dass sie auf den ersten Blick keiner von irgendwelchen Punks oder Linksautonomen unterscheiden kann. Und Allergien gegen Anglizismen wie bei der alten Stahlhelmfraktion sind denen ebenso fremd. Diese Typen sind

Wölfe im Schafspelz. Welders ist informeller Anführer der Gruppe. Ein paar von den Gesellen kommen auch aus den Nachbargemeinden. Die versuchen hier seit 2008, eine rechte Szene aufzubauen. Mit dem üblichen Programm: Flugblätter, Aufkleber, Hakenkreuzschmierereien, Aktionen bei Fußballspielen am Böllenfalltor.

Klient: Und? Haben Sie Kontakt mit seinen Kameraden aufgenommen? Die wissen sicher, wo Welders abgetaucht ist.

Detektiv: Was schlagen Sie vor? Soll ich einfach hingehen und die fragen? Welders wird seine Gründe haben abzutauchen. Und seine Spießgesellen werden ganz sicher keinem dahergelaufenen Schnüffler verraten, wo er steckt.

Klient: Aber Sie könnten diese Kameradschaft infiltrieren. Die treffen sich doch sicher regelmäßig in irgendeiner Kneipe hier in Darmstadt. Sie setzen sich an die Theke, während die Typen an ihrem Stammtisch sitzen, lassen ab und an mal ein paar ausländerfeindliche Bemerkungen fallen, werden irgendwann zum Bier eingeladen, und schon sitzen Sie mitten drin im braunen Netzwerk. Ich wäre auch bereit, über eine kleine Aufstockung Ihres Honorars zu sprechen. Eine Gefahrenzulage, wenn Sie so wollen.

Detektiv: Ihre Fantasie geht mit Ihnen durch. Ich soll als V-Mann die rechte Szene infiltrieren? Darmstadt ist ein Dorf. Mich kennt hier ein Haufen Leute. Ich habe einen Ruf zu verlieren.

Klient: Sind Sie sicher?

Detektiv: Wie meinen Sie das?

Klient: Na, das mit dem guten Ruf. Nehmen Sie es mir nicht übel, aber ich habe mich ein wenig über Sie informiert, Herr Rünz. Ich bin da auf einen Bericht in der Darmstädter Allgemeinen gestoßen, mit einem Foto, dass Sie halb nackt in der Calla des Darmstadtiums zeigt.

Detektiv: Wenn es bei einem Einsatz mal brenzlig wurde, konnte ich nicht immer auf perfekte Garderobe achten. Habe den Fall übrigens gelöst, damals.

Klient: Wie dem auch sei – was ist mit Welders' Mutter? Haben Sie sie kontaktiert?

Detektiv: Er hat sie zehn Tage nach seiner letzten Therapiestunde bei Ihnen besucht und ihr erzählt, er müsse für ein paar Tage verreisen, irgendwas Wichtiges erledigen. Hat sich noch ein paar Euro von ihr geliehen. Sie hat sich nicht gewundert, weil er ständig auf Tour ist, an irgendwelchen Sonnenwendfeiern, Mahnwachen und Wehrsportübungen teilnimmt.

Der muss gut vernetzt sein. Seine Mutter hat übrigens mit keinem Wort die Behandlung bei Ihnen erwähnt. Und von der Herztransplantation ihres Sohnes scheint sie tatsächlich keine Ahnung zu haben. Habe sie eigens nach gesundheitlichen Problemen ihres Sohnes gefragt. Ziemlich unglaubwürdig die ganze Geschichte, wenn Sie mich fragen.

Klient: Hat sie darüber gesprochen, sich an die Polizei zu wenden, wenn er nicht wieder auftaucht?

Detektiv: Ich glaube, sie würde sich eher die rechte Hand abhacken. Wenn sie ihm die Polizei auf die Fersen hetzte, würde er ihr die Hölle heißmachen. Ich habe meine Exkollegen im Präsidium gefragt, eine Vermisstenmeldung liegt nicht vor. Aber aktenkundig ist Welders' Truppe natürlich. Übrigens: Ich war auch in seiner Wohnung.

Klient: *Was*? Das sagen Sie mir erst jetzt? Sie sind da doch hoffentlich nicht eingebrochen?

Detektiv: War nicht nötig, sein Vermieter hat mir geöffnet.

Klient: Wie haben Sie den überredet?

Detektiv: Das war nicht besonders schwierig. Habe mich als Ermittler vorgestellt, ist ja nicht gelogen. Der möchte ihn lieber heute als morgen aus der Wohnung haben, traut sich jedoch nicht, ihm zu kündigen. Hat die Hosen voll. Er war überaus kooperativ, als ich andeutete, irgendwas zu suchen, mit dem man Welders hinter Schloss und Riegel bringen kann.

Klient: Ja und? Haben Sie einen Hinweis auf seinen Aufenthaltsort gefunden? Lassen Sie sich nicht alles aus der Nase ziehen!

Detektiv: Zuerst will ich etwas von Ihnen wissen.

Klient: Bitte keine Quizshow, Herr Rünz. Ich habe noch was vor heute. Um was geht es?

Detektiv: Der Roman meines Büropartners Raoul Rockwell. Haben Sie mal einen Blick reingeworfen?

Klient: Gott, erinnern Sie mich bloß nicht daran!

Detektiv: So schlimm?

Klient: Bitte sagen Sie ihm nichts von meinem Urteil – aber so ein erbärmliches Konvolut hatte ich noch nie in den Händen. Eine Qual. Eine herzzerreißend billige Montage trivialster Thrillermotive. Lesestoff für Masochisten. Kein Wunder, dass er diese Räuberpistole im Selbstverlag herausbringen musste. Was ist los mit Ihnen, Herr Rünz? Sie sehen blass aus um die Nase, ist Ihnen nicht gut?

Detektiv: Nein, nein. Die Zigaretten, mein Körper hat sich immer noch nicht richtig dran gewöhnt. Und was sagt Ihnen als Analytiker dieser Roman über den Autor? Ich bin wahnsinnig gespannt, ob Sie meinen Freund genauso einschätzen, wie ich es tue.

Klient: Nun ja, bei allen Unsicherheiten, die mit solchen Ferndiagnosen verbunden sind: Wenn wir davon ausgehen, dass dieser Spezialagent Vince Stark, der Protagonist der Geschichte, das Alter Ego des Autors darstellt, also quasi dessen Wunsch-Ich verkörpert, all die Eigenschaften und Fähigkeiten, die unserem Schreiber fehlen – Mut, Stärke, Vitalität, Attraktivität, Potenz –, dann ...

Detektiv: Dann?

Klient: Dann haben wir es mit einem einsamen, deprimierten, unscheinbaren, ängstlichen, sozial isolierten Einzelgänger mit Potenzproblemen zu tun, der sein Unvermögen im realen Leben mit literarischen Omnipotenzfantasien kompensiert. Oder wie der Volksmund es ausdrücken würde: Ein Gröfaz. Ein Gernegroß. Ein ganz, ganz armes Würstchen.

Detektiv: So. Finden Sie ...

Klient: Ich würde sogar noch weitergehen. Wahrscheinlich ist dieser Autorenname Raoul

Rockwell ein Pseudonym. Der klingt irgendwie zu perfekt, zu großspurig und kosmopolitisch – jedenfalls nicht nach Darmstadt. Wahrscheinlich verbirgt sich dahinter so ein Ärmelschonertyp, mit einem sehr spießigen und unspektakulären Namen, Klaus Strunz oder so. Und dann diese bizarre Autorenbiografie auf der Rückseite des Buches: ›Sohn eines sardischen Eisenbiegers und einer philippinischen Klosterschülerin, Kindheit und Jugend als Fronarbeiter in den Schwefelgruben Abessiniens‹. Das riecht ja förmlich nach Abenteurerprosa aus dem Verlagsmarketing. Aber wie gesagt: eine Ferndiagnose ohne Gewähr. Hatte dieser Rockwell irgendwelche Rezensionen in der Presse? Oder vielleicht Leserbriefe?

Detektiv: Einen Verriss im ›Bessunger Anzeiger‹.

Klient: Dieses Blättchen werde ich abonnieren. Könnten Sie mir jetzt bitte *endlich* etwas über Welders' Wohnung erzählen?

Detektiv: Oh, gerne. Die szenetypische Devotionalien- und Literatursammlung in seinen Regalen überspringen wir mal. Um es vorwegzunehmen: Einen Hinweis auf seinen Verbleib habe ich nicht gefunden. Aber Belege, wie er systematisch versucht hat, die Identität seines Organspenders zu klären. Kopien von Einschreiben an ›InterTransplant‹ mit den abschlägigen Antworten, Listen mit Telefonnummern von Rechtsanwälten, Auszüge aus der einschlägigen Rechtsprechung, die er sich im Internet zusammenrecherchiert hat. Ich konnte natürlich nichts mitnehmen, aber zwei der Schreiben von ›InterTransplant‹ habe ich mit der Digicam abfotografiert. Schauen Sie sich mal diese Ausdrucke an. Vier Wochen liegen zwischen den beiden Briefen.

Klient: Hm, lassen Sie mal sehen … Das ist doch unmöglich! Das verstehe ich nicht, das ist nicht plausibel. Zuerst weist ›InterTransplant‹ darauf hin, dass die Preisgabe der Spenderidentität absolut unmöglich ist – und vier Wochen später liefern sie Welders Name und Adresse des Spenders, weil dessen Angehörige angeblich in die Auskunft eingewilligt haben?

Detektiv: Lesen Sie weiter, schauen Sie sich die Personalien des Spenders an.

Klient: Samuel Goldstein, Dambruggestraat in Antwerpen, Motorradunfall. Das klingt …

Detektiv: Die Adresse liegt mitten im jüdischen Viertel neben dem Hauptbahnhof in der City von Antwerpen. Riecht arg nach Klischee, oder? Sieht so aus, als hätte jemand schnell mal die häufigsten jüdischen Namen und die europäischen Städte mit den größten jüdischen Gemeinschaften gegoogelt. Ich habe das gecheckt. Der Spender ist erfunden. Einen neunzehnjährigen Juden mit dem Namen Samuel Goldstein, der vor zwei Jahren in Antwerpen tödlich mit dem Motorrad verunglückt ist, hat es nie gegeben.

Klient: Eine Fälschung? Um Welders zu verunsichern?

Detektiv: Ich bitte Sie – natürlich! Wie hoch ist der Anteil von Juden an der Gesamtbevölkerung in den europäischen Ländern, in denen ›Inter-Transplant‹ vertreten ist? Und wie hoch ist der Anteil dieser Juden, die mit einem Spenderausweis herumlaufen? Ein Prozent? Vielleicht zwei? Und ausgerechnet ein Darmstädter Neonazi soll das Spenderherz eines belgischen Juden erhalten? Das ist absurd. Vergleichen Sie mal die Logos des Institutes auf dem Briefkopf. Auf den ersten Blick identisch. Das auf dem zweiten Brief ist allerdings deutlich pixeliger, und die Farben stimmen nicht genau überein. Das Logo wurde entweder von der Internetseite des Institutes reinkopiert oder von einem Originalschreiben gescannt. Und der Schrifttyp des Textes ist zwar ähnlich, aber nicht genau derselbe. Das zweite Schreiben ist definitiv ein Fake. Da hat einer eine Rechnung mit Welders offen, will ihn fertigmachen!

Klient: Aber der gefälschte Brief nimmt Bezug auf seine Anfragen – der Fälscher muss also von Welders' Recherche gewusst haben.

Detektiv: Und er muss gewusst haben, wie ein Schreiben von ›InterTransplant‹ aussieht, denn einigermaßen hat er die Sache ja hinbekommen.

Klient: Also waren Sie nicht der Erste, der in seiner Wohnung herumgeschnüffelt hat ...

Detektiv: Schon möglich.

Klient: Ob Welders die Fälschung erkannt hat?

Detektiv: Wer weiß, man muss schon etwas genauer hinschauen. Jedenfalls wurde das Schreiben laut Datum vierzehn Tage vor dem letzten Kontakt mit Ihnen und vier Tage vor dem letzten Kontakt mit seiner Mutter verfasst. Sein Verschwinden könnte also etwas mit dem Brief zu tun haben. Die Frage ist auch, warum er so was offen in seiner Wohnung herumliegen lässt. Denn wenn seine Kameraden das in die Finger kriegen, ist er geliefert.

Klient: Oh, Ihr Telefon. Wollen Sie nicht rangehen, Herr Rünz?

Detektiv: Ja, wenn Sie einen Moment entschuldigen.

Karl Rünz, Private Investigations. Herr Merz, ich grüße Sie! (...) Ja bitte, ganz kurz, legen Sie los. (...) Hm. (...) Hmm. (...) Das ist nicht Ihr Ernst. (...) Ein absurder Vorwurf. Die Katze war zwölf Jahre alt, ein klarer Fall von Altersschwäche. (…) Damit kommt sie nicht durch. (…) Auf keinen Fall, nur über meine Leiche. (…) Angriff ist die beste Verteidigung, genau. (…) Ich muss jetzt Schluss machen, habe einen Klienten hier. Wir besprechen das morgen. Ihnen auch, auf Wiederhören.

Klient: Ärger?

Detektiv: Mein Scheidungsanwalt.

Klient: Also Ärger!

Detektiv: Er sagt, meine Frau stelle gerade mit ihrem Anwalt Verhandlungsmasse für den Auftritt vor dem Scheidungsrichter zusammen. Behauptet unter anderem, ich hätte ihre *Muschi* vergiftet.

Klient: Ihre *was*?

Detektiv: Ihre Katze. *Unsere* Katze – damals, als wir noch zusammenwohnten.

Klient: Sie beide hatten eine Katze, die *Muschi* hieß? Wer ist auf den Namen gekommen, wenn ich fragen darf?

Detektiv: Ich. Wieso?

Klient: Ach, nur so. Und? Ich meine – haben Sie sie vergiftet?

Detektiv: Was spielt das für eine Rolle? Sie kann mir unmöglich etwas nachweisen, insofern ist ihre Anschuldigung eine Unverschämtheit.

Klient: Sie empfänden die Anschuldigung ihrer Frau also auch dann als Zumutung, wenn Sie – nur mal hypothetisch angenommen – Muschi tatsächlich vergiftet hätten?

Detektiv: Na, jetzt kommt aber der Analytiker in Ihnen durch. Selbstverständlich! In dubio pro reo. Sind Sie verheiratet?

Klient: Nein. Ich ... ich war verheiratet.

Detektiv: Dann haben Sie den Rosenkrieg hinter sich? Sie Glücklicher! ... Hm, seltsam.

Klient: Was ist seltsam?

Detektiv: Entschuldigen Sie, ich bin mit den Gedanken schon wieder bei unserem kleinen Fall. Was mich wundert: Ich erzähle Ihnen, dass ich mit Welders' Mutter gesprochen habe, und Sie fragen gar nicht nach ihr, was sie von seiner braunen Gesinnung hält, ob sie selbst eine Rechte ist, aus was für einem sozialen Milieu sie kommt. Diese Hintergrundinfos über einen Patienten aus zweiter Hand müssten einen Analytiker doch brennend interessieren. Der kann ihnen auf der Couch doch das Blaue vom Himmel erzählen.

Klient: Natürlich kann er das. Was immer er auch
             erfindet, er hat Gründe dafür. Seine Fantasie
             ist Teil seiner Realität. Alles, was ich aus ande-
             ren Quellen über sein reales Umfeld erführe,
             würde der Analyse eher schaden. Es gibt keine
             objektiven Wahrheiten, nur subjektive. Und
             auf der Couch zählt die subjektive Wahrheit
             des Analysanden. Wichtig ist, wie *er* seine Welt
             sieht, nicht, wie ich oder andere sie sehen.

Detektiv: Ganz wie Sie meinen. Aber mit diesem
             gefälschten Brief haben Sie etwas über die
             Realität Ihres Patienten. Hier haben Sie den
             Beweis, dass ihm jemand ziemlich heftig ans
             Bein pinkeln wollte. Wer außer Ihnen und den
             behandelnden Ärzten kann von der Trans-
             plantation gewusst haben? Die Kameraden
             aus seinem Nazi-Club? Vielleicht einer, der
             ihn als Leitwolf ablösen wollte?

Klient: Wie gesagt, ich hatte während der analytischen
             Arbeit mit ihm nie den Eindruck, er würde
             außerhalb meiner Praxis mit irgendwem über
             seine Krankheit sprechen. In einem sozia-
             len Umfeld, das sich über Härte, Stärke und
             Unverwundbarkeit definiert, hat er mit sol-
             chen Anliegen wenig Gesprächspartner. Nein,
             dieser Brief könnte aus der lokalen Antifa-
             Szene kommen, die liefern sich mit den Rech-
             ten doch ein permanentes Katz-und-Maus-
             Spiel. Einer von denen hat vielleicht irgend-
             wie von Welders' Transplantation und seinen

Bemühungen bei ›InterTransplant‹ erfahren. Eine Steilvorlage für so eine Aktion. Eleganter kann man einen Rassisten nicht aus der Bahn werfen. Vielleicht hat die Information irgendein Pfleger oder Zivildienstleistender im Krankenhaus verbreitet. Linke arbeiten oft in sozialen Berufen und sind gut vernetzt.

Detektiv: Möglich. Schon möglich. Aber alles Spekulation. Uns fehlen die Fakten. Sie kennen Welders, geben Sie mir irgendeinen Hinweis, eine Spur, die ich verfolgen kann.

Klient: Hm. Vielleicht kontaktieren Sie mal seinen Sachbearbeiter bei der Arbeitsagentur. Eigentlich muss er sich dort doch regelmäßig melden, sonst streichen die ihm die Stütze. Warum muss ich Ihnen eigentlich Hinweise geben, wie Sie Ihre Arbeit machen sollen? Ich dachte, Sie sind Profi …

3

Detektiv: Kommen Sie rein, Herr Lakan, nehmen Sie bitte Platz, bin gleich fertig mit dem Telefonat. (…) Herr Merz, so, da bin ich wieder. Ich liebe meine Waffensammlung, und meine Frau? Sie hat sich systematisch drüber lustig gemacht. (…) Genau. (…) Seelische Grausamkeit, Sie sagen es, Herr Merz. Genau der Begriff, nach dem ich gesucht habe. (…) Das ist absurd! Die Paartherapie war ein Witz! Die Therapeutin hat sich von der ersten Stunde an mit meiner Frau solidarisiert. (…) Na und? Die hätte ja mal arbeiten gehen können, statt ständig auf meine Kosten Pilates- und Esoterik-Kurse zu besuchen. (…) Exakt. Ich denke, wir sind auf einer Linie. (…) Gut aufgestellt, Sie sagen es. Muss Schluss machen, habe Kundschaft. Melde mich morgen bei Ihnen. Auf Wiederhören.

Klient: Ihr Scheidungsanwalt?

Detektiv: Ich sage nur: Verhandlungsmasse. Was die kann, das kann ich auch.

Klient: Wie sieht sie denn aus, Ihre Verhandlungsmasse?

Detektiv: Sie interessieren sich ja brennend für mein Privatleben. Woher die Neugier?

Klient: Ach wissen Sie, als Analytiker sind Sie letztendlich nichts anderes als ein Architekt. Nur dass Sie nicht an Entwürfen und Plänen arbeiten, sondern an zwischenmenschlichen Beziehungen. Und so wie der Architekt mit offenen Augen durch die Stadt läuft, um sich Anregungen zu holen, halten wir Augen und Ohren offen, wenn Mitmenschen anfangen, über ihr Privatleben zu erzählen. Nehmen Sie es also nicht persönlich.

Detektiv: Hmm.

Klient: Sie wirken etwas zerknirscht. Kränkt es Sie, dass mein Interesse an Ihrem Scheidungskrieg nur professioneller Natur ist?

Detektiv: Überhaupt nicht. Ich mag es, wenn Menschen professionell miteinander umgehen.

Klient: Na also. Und ich merke es Ihnen doch an: Sie brennen darauf, von Ihrer Strategie zu erzählen. Schießen Sie los!

Detektiv: Also gut. Der Plan: Angriff ist die beste Verteidigung. Der Vorwurf: Seelische Grausamkeit. Wir werden dem Richter eine detaillierte Aufstellung über ihre systematischen Indoktrinations- und Erniedrigungsversuche vorlegen. Punkt 1: Ernährungsfundamentalismus. Ich konnte zu Hause ja nicht mal ein blutiges Rumpsteak essen, ohne dass sie neben dem

Esstisch eine Mahnwache für die geschundene Kreatur abhielt. Von der ständigen Diffamierung meines Hobbys – ich bin Sportschütze – mal ganz abgesehen. Punkt 2: Esoterikterror. Ich kann Ihnen gar nicht sagen, wie oft ich nachts über chinesische Klangschalen gestolpert bin und wie häufig ich die Möblierung unserer Wohnung umstellen musste, um Sie feng-Shui-mäßig stets auf dem aktuellen Stand zu halten. Punkt 3: Emotionale Erpressung. Jedes Mal, wenn ich Sex wollte, bestand sie darauf, ihr zu zeigen, dass ich sie *mag*! Und das ist nur der Anfang einer Zehn-Punkte-Liste …

Klient: Sie scheinen Ihren Rosenkrieg richtig zu genießen.

Detektiv: Untertrieben. Ich blühe geradezu auf. Viel Feind, viel Ehr'! Mir wird verdammt was fehlen, wenn die Scheidung durch ist.

Klient: Etwas – oder jemand?

Detektiv: Lieber Dr. Freud – wenn Sie so weitermachen, muss ich mir eine Couch für meine Detektei kaufen und *Sie* schicken *mir* die Rechnungen.

Klient: Entschuldigen Sie, Berufskrankheit. Haben Sie Neuigkeiten über unseren kleinen Herrenmenschen?

Detektiv: Neuigkeiten ist untertrieben. Ihr Tipp mit dem Sachbearbeiter der Arbeitsagentur war ein Volltreffer. Der Mann hat türkischen Migrationshintergrund, mehr muss ich wohl nicht sagen?! Wollen Sie den O-Ton hören? Ich habe das Gespräch heimlich mit meinem Handy aufgezeichnet, leider fehlt der Anfang, die Annäherungsphase, in der ich Vertrauen aufgebaut habe. Und am Schluss ... Aber hören Sie selbst. Ich habe die Aufnahme erst gestartet, als ich merkte, dass es sich wirklich lohnt. War gar nicht einfach, ihn zum Reden zu bringen. Der Typ ist ja genauso zur Verschwiegenheit verpflichtet wie Sie und ich. Doch wenn einer richtig Wut im Bauch hat, muss man gar nicht so große Widerstände überwinden. Der war vielleicht froh, dass er seine Seele erleichtern konnte. Und *wie* ich den Typ zum Reden gebracht habe – ich will mich nicht loben, aber das war wirklich ein kleines Meisterstück subtiler Vernehmungstechnik. Ich habe mich gefühlt wie ein Analytiker, glauben Sie mir! Wir sind jetzt quasi Kollegen! Übrigens: Der Mann hat zuweilen eine deftige Sprache, also Vorsicht! Gut zuhören, jetzt geht's los:

... verdammt schwieriger Kunde gewesen sein, dieser Welders.

Schwierig? Der Typ war ein braunes Arschloch. Eine Pestbeule. Der hat mir offen gedroht, mir

*mit seinen Spießgesellen einen Besuch abzu-
statten, wenn ich ihm die Stütze streiche. Der
wusste, wo ich wohne, wie meine Frau aussieht, wo meine Kinder zur Schule gehen. So
ein Wichser.*

War er denn überhaupt vermittlungsfähig mit
seiner Krankheit?

*Von seiner Herzgeschichte hat mir der Arsch
zwei Jahre lang überhaupt nichts erzählt! Der
hätte mir doch nur seine Atteste und seinen
Schwerbehindertenausweis vorlegen müssen
und wäre aus dem Schneider gewesen! Ohne
den ganzen Hickhack mit Fortbildungsmaß-
nahmen, Bewerbungen, Vorstellungsgesprä-
chen. So eine Hackfresse – kann zwei und zwei
nicht zusammenzählen und behauptet, Aus-
länder würden Leuten wie ihm die Jobs wegnehmen.*

Wann hat er Ihnen von der Krankheit
erzählt?

*Vor drei Monaten ungefähr. Und auch nur,
weil ich hart geblieben bin. Ich hätte ihm
gnadenlos seine Leistungen zusammengestri-
chen, wenn er nicht endlich kooperiert hätte.
Und dann knallt der mir auf einmal diesen
Packen Papier auf den Tisch. Atteste, Befunde,
Anträge auf Anerkennung als Schwerbehin-
derter. Sie sind Privatdetektiv, sagen Sie? Ihr*

Auftraggeber, warum hat er Sie auf Welders angesetzt?

Ich darf Ihnen da keine Informationen ...

Kommen Sie, ich mache hier die Schublade weit auf und Sie spielen den Geheimniskrämer? Haben Sie schon mal was von Datenschutz gehört? Was ich Ihnen über Welders erzählt habe, kostet mich den Job, wenn es rauskommt.

Schon gut. Mein Klient wurde von Welders und seinen Spießgesellen zusammengeschlagen, schwere Körperverletzung. Er war, wenn Sie so wollen, zur falschen Zeit am falschen Ort. Welders hatte im Prozess einen erstklassigen Verteidiger aus dem braunen Milieu, eine Tatbeteiligung konnte ihm nicht schlüssig nachgewiesen werden.

Er ist ohne Strafe davongekommen?

So ist es. Ich weiß nicht, wie es Ihnen geht, aber wenn ich mit solchen Typen zu tun habe, da geht mir das Messer in der Tasche auf. Diesen Nazis muss man ordentlich den Scheitel nachziehen, das ist die einzige Sprache, die die verstehen.

Das können Sie sich bei dem hier sparen, der hat sein Fett weg.

Wie meinen Sie das?

Kann ich Ihnen nicht sagen.

Geben Sie mir wenigstens einen Hinweis, mit dem ich meinen Klienten aufmuntern kann. Der braucht noch Wochen, bis er wieder gehen kann. Seine Kinder …

Können Sie dichthalten?

Dichthalten ist mein verdammter Job!

Schauen Sie sich die Unterlagen an, dieses Schreiben …

Klient: Was ist los, warum bricht die Aufnahme hier ab?

Detektiv: Sorry, ich musste plötzlich niesen, diese verdammten Bakterien überall, und habe dabei aus Versehen auf den Stopp-Button gedrückt, ausgerechnet an der spannendsten Stelle. Jedenfalls hat der Mann im Anschluss ein lückenloses und detailliertes Geständnis hingelegt, was den gefälschten Brief angeht. In dem ganzen Papierkram, den Welders ihm auf den Tisch gelegt hat, war auch eine der Absagen von ›InterTransplant‹. So ist der Mann von der Arbeitsagentur auf die Idee mit dem Fake gekommen. Diese Nuss hätten wir also geknackt. Verdammt, was ist los mit Ihnen,

Dr. Freud? Wir haben den Typ, der den Brief geschrieben hat! Kein Erfolgserlebnis? Mein Gott, so wie Sie hat mein Freund Rockwell dreingeschaut, als ich ihm Ihre Rezension zu ›Amok‹ vorgetragen habe. Brauchen Sie ein Glas Wasser?

Klient: Sie sollten ihm doch nichts von meiner Bewertung erzählen! Kein Wasser, bitte. Diesmal einen Bourbon. Einen doppelten, pur, ohne Eis.

Detektiv: Gerne! Vielleicht noch eine Zigarette? Wenn Sie so weitermachen, werden Sie mir noch richtig sympathisch. Ich sollte Sie irgendwann meiner Exfrau vorstellen. Immerhin sind Sie Psychologe.

Klient: Psychoanalytiker. Warum, wollen Sie mich mit ihr verkuppeln?

Detektiv: Will ich nicht. Eher das, was man im Fußball nachtreten nennt. Ich glaube, nichts würde sie mehr verunsichern, als mich dabei zu sehen, wie ich mit einem Seelenklempner um die Häuser ziehe.

Klient: Analytiker. Danke. Ah, der ist wirklich gut. Dann war der Brief also eine Sackgasse, die uns nicht voranbringt. Wie gehen wir weiter vor? Haben Sie einen Plan?

Detektiv: Langsam, ich habe noch was auf der Pfanne. Welders' Mutter hat sich bei mir gemeldet. Ihr Sohn hat ihr eine Mail geschrieben, irgendwo aus der nordfranzösischen Provinz. Er scheint sich da auf den Schlachtfeldern von Verdun bei einer Wehrsportübung zu verlustigen. Fühlt sich wohl etwas schlapp, der kleine Frontkämpfer. Sagt seiner Mutter, er würde in ein paar Tagen zurückkommen und sich erst mal durchchecken lassen. Sieht so aus, als hätten Sie Ihren kleinen Patienten bald wieder auf der Couch, Herr Lakan. Und? Ist das ein Ergebnis?

Klient: Herrgott, warum sagen Sie mir das nicht gleich?! Warum erst diese Geschichte mit dem Sachbearbeiter?

Detektiv: Weil Sie merken sollen, wie ich für mein Geld schufte. Mein Exchef im Präsidium sagte immer: ›Rünz, Sie müssen mindestens dreißig Prozent Ihrer Arbeitszeit in Selbstdarstellung investieren.‹ Er hatte recht! Oh, schon wieder das Telefon, Sie entschuldigen? (…) Rünz, Private Investigations. (…) Hallo, ich grüße Sie. (…) Nein, das geht jetzt leider nicht. (…) Ausgeschlossen. (…) Morgen um 17:00 Uhr schlage ich vor, hier in meinem Büro. (…) In Ordnung. Auf Wiederhören.

Klient: Ihr Anwalt?

Detektiv: Nein, nur ein Klient. Wollen wir uns nächste Woche wieder hier treffen? Gleicher Tag, gleiche Uhrzeit?

4

Klient: Immer noch keine Spur von ihm?

Detektiv: Leider nicht. Ich habe vor zwei Stunden noch
            mal mit seiner Mutter telefoniert, sie hat seit
            seiner letzten Mail nichts von ihm gehört.
            Sie hat versprochen, mir Bescheid zu sagen,
            sobald er auftaucht.

Klient: Hm. Warum sollte sie das tun? Haben Sie sie
            bestochen?

Detektiv: Nein, ich habe ihr gesagt, ich würde für einen
            geheimen gemeinnützigen Verein arbeiten, der
            Leuten beim Ausstieg aus der braunen Szene
            hilft. Sie war gleich kooperationsbereit.

Klient: Gute Idee. Tja, dann hilft wohl einfach nur
            noch warten … Darf ich Ihnen derweil eine
            persönliche Frage stellen, Herr Rünz?

Detektiv: Keine Einladung zum Abendessen bitte. Ich
            genieße im Moment mein Single-Leben!

Klient: Es geht um Ihren Büropartner, den Autor.
            Dieser Rockwell – ich glaube, er schämt sich,
            Bürger dieser Stadt zu sein. Ist das möglich?

Detektiv: Wie kommen Sie denn darauf?

Klient: Na ja, irgendein innerer Zwang treibt ihn

dazu, jeden Schauplatz in Darmstadt auszu-
schmücken, als befände sich sein Protagonist Vince Stark gerade am Times Square, am
Roten Platz, vor dem Petersdom oder dem
Weißen Haus. Er bringt es einfach nicht über
sich, die Stadt so zu schildern, wie sie ist.

Detektiv: Sie meinen in ihrer ganzen schäbigen, südhessischen Mittelmäßigkeit? Als mediokres Pro-
vinznest, dessen Verschwinden erst bemerkt
würde, wenn in Frankfurt irgendein japani-
scher Tourist vergeblich nach der Mathilden-
höhe suchen würde.

Klient: Ja, genau! Mein Gott, Herr Rünz, Sie reden,
als hätten *Sie* dieses Buch geschrieben.

Detektiv: Hmm.

Klient: Mal angenommen – also nur mal *angenommen*, dieser Autor und Sie wären eine Per-
son, Raoul Rockwell wäre also Ihr Pseudonym …

Detektiv: Hören Sie auf, schon gut. Eins zu null für Sie.
Seit wann wissen Sie es?

Klient: Ich habe es nur vermutet, gleich zu Anfang,
Sie schauten so komisch drein, als ich Ihnen
meinen Eindruck von Ihrem Debüt erzählt
habe.

Detektiv: Ihr Eindruck? Ein vernichtender Verriss war das.

Klient: Sorry, aber ich habe da völlig überzogen mit meiner Kritik, richtig polemisiert. Ich war schlecht drauf an diesem Tag. Gestern habe ich noch mal mit etwas zeitlichem Abstand einen Blick reingeworfen, und ich muss sagen: Ich glaube, Sie haben wirklich Potenzial.

Detektiv: Geschenkt. Ich brauche keine Wiedergutmachung …

Klient: Nein wirklich! Beim ersten Lesen habe ich die Geschichte viel zu ernst genommen. Wenn man Ihren Plot als Satire liest, eröffnen sich ganz neue Perspektiven. Dieser Ideenreichtum, diese Ironie und die Art, wie Sie das Genre persiflieren – Hochachtung! Hier und da würden behutsame Eingriffe eines kompetenten Verlagslektorats die Qualität sicher noch steigern …

Detektiv: Meinen Sie wirklich?

Klient: Unbedingt! Ich habe da einen Kontakt, eine ehemalige Analysandin, sie ist stellvertretende Cheflektorin eines namhaften Belletristikverlages – was halten Sie davon, wenn ich die Dame mal auf Sie aufmerksam mache?

Detektiv: Ja, wenn Sie meinen …

Klient: Unbedingt! Und vielleicht könnte ich der Dame schon etwas über einen neuen Vince-Stark-Fall berichten, an dem Sie gerade schreiben?

Detektiv: Na ja, ich habe da schon was in Arbeit. Ist mehr so eine Idee ...

Klient: Um was geht es? Ich weiß, Sie dürfen mir eigentlich nichts verraten. Aber vielleicht geben Sie mir wenigstens einen kleinen Hinweis?

Detektiv: Sie müssen mir versprechen ...

Klient: Ärztliche Schweigepflicht. Beim heiligen Hippokrates. Sie können sich auf mich verlassen!

Detektiv: Ich dachte da an das Thema Umweltkriminalität. Im Zentrum des Plots steht dieser korrupte Darmstädter Pharmakonzern, die HeinerChem Industries. Aus der Forschungsabteilung dieses Konzerns fließen ungefiltert hochgefährliche Abwässer in den Großen Woog.

Klient: Wow – ein Ökothriller! Großartig.

Detektiv: Es handelt sich bei diesen Abwässern um eine völlig neue Generation von Wachstumshormonen für die Zucht von Nutztieren. Aber das Zeug ist noch in der Entwicklungsphase, keiner ahnt etwas von möglichen Nebenwirkungen. Die Fische im Woog nehmen die Substanz über die Nahrung auf und einer der Karpfen verwandelt sich durch das Gift in eine riesige Killerbestie, die im Sommer die Badegäste verfrühstückt …

Klient: ›Der Weiße Hai‹ reloaded im südhessischen Darmstadt als ›Der Weiße Koj‹! Eine umwerfende Idee!

Detektiv: Sie meinen, die Leute könnten denken, ich kopiere Steven Spielberg?

Klient: Nicht doch – Sie *zitieren* ihn! Eine Hommage, eine Reminiszenz! Alle großen Künstler zitieren ihre Vorbilder und erweisen ihnen so ihre Reverenz. Wie geht es weiter?

Detektiv: Nun, da ist diese junge Biologin an der TU Darmstadt, Olivia Spirelli. Sie kommt den Machenschaften der HeinerChem Industries auf die Spur und versucht …

Klient: Olivia Spirelli, interessanter Name. Wie sind Sie darauf gekommen?

Detektiv: Um ehrlich zu sein, ich war ziemlich betrunken, als ich den Plot skizzierte, und hatte plötzlich einen Riesenhunger. Ich stöberte in der Küche herum, und da fielen mir diese Nudelpackung und die Flasche mit dem Olivenöl in die Hände …

Klient: Unglaublich, wie Sie sich Ihre Anregungen aus ganz banalen Alltagssituationen holen. Schnell, erzählen Sie weiter!

Detektiv: Die Spirelli kontaktiert also Vince Stark von der CTU, der Counter Terrorism Unit Südhessen.

Klient: Den unbestechlichen Helden aus ›Amok‹ …

Detektiv: Richtig. Beide stellen den Vorstand der HeinerChem zur Rede. Für den ist mir noch kein treffender Name eingefallen …

Klient: Nennen Sie ihn doch … Lassen Sie mich überlegen. Wie wäre es mit Earl Grey? Das klingt elitär, standesbewusst und aristokratisch, und trotzdem bleiben wir Ihrem Kücheninventar treu. Was meinen Sie?

Detektiv: Hm, nicht schlecht. Dieser Earl Grey streitet also wider besseres Wissen alle Vorwürfe ab und beauftragt einen Profikiller …

Klient: Nennen wir den doch Ché Vapcici und behaupten einfach, er wäre ein skrupelloser Auftragsmörder vom Balkan!

Detektiv: Genial, einverstanden! Dieser Ché Vapcici soll also Olivia Spirelli ausschalten. Den Rest

können Sie sich ausmalen. Vince Stark rettet
die Spirelli und tötet Vapcici, indem er ihn
dem Killerkarpfen zum Fraß vorwirft. Spirelli
überführt Earl Grey öffentlich bei der Haupt-
versammlung der Aktionäre der HeinerChem
Industries und schrumpft den Karpfen mit
einem Gegengift wieder auf Normalmaß. Sie
bekommt den Nobelpreis, Vince Stark wird
Chef der CTU und die beiden landen gemeinsam im Bett. Man muss ja auch die Genrekon-
ventionen bedienen.

Klient: Unbedingt, unbedingt! Hm. Ich glaube, was
Ihrem Plot noch fehlt, ist die politische Dimen-
sion; eine Korruptionsaffäre oder so was Ähn-
liches. Was halten Sie von einem karrieregei-
len Oberbürgermeister, ich nenne ihn jetzt mal
vorläufig Gordon Bleu, der den Großen Woog
aus Sicherheitsgründen eigentlich schließen
müsste. Aber er spielt die Gefahr durch den
Killerkarpfen herunter, weil er die Einnah-
men aus dem Badebetrieb zur Finanzierung
des überschuldeten Darmstadtiums braucht!
Außerdem ist die HeinerChem Industries
natürlich der mit Abstand größte Steuerzahler
der Stadt. Bürgermeister Gordon Bleu hängt
also direkt an Earl Greys Geldtropf, von dessen Wahlkampfzuschüssen mal ganz abgesehen. Deswegen wagt Bleu auch nicht, Grey
zu verklagen wegen der Chemieabwässer im
Woog.

Detektiv: Ich bin beeindruckt. Unglaublich. Das, das klingt fantastisch, brisant, nach investigativer Recherche! Warten Sie, ich muss mir sofort ein paar Notizen machen. Sie haben viel Fantasie, warum erfinden Sie nicht selbst Geschichten?

Klient: Wer sagt Ihnen, dass ich das nicht ständig tue?

Detektiv: Richtig. Sehr richtig. Erklären Sie mir etwas in diesem Zusammenhang, Herr Lakan. Warum habe ich von Ihnen nichts als eine Mobilfunknummer? Warum finde ich weder im Telefonbuch noch im Internet einen Hinweis auf die Praxis eines Analytikers in Darmstadt, der Ihren Namen hat? Warum führt die Deutsche Psychoanalytische Vereinigung Sie nicht als Mitglied? Und warum fing die Dame im Sekretariat dieses Institutes an zu kichern, als ich am Telefon Ihren Namen erwähnte?

Klient: Ist das Ihr Ernst, Herr Rünz? Haben Sie zu viel Langeweile? Fühlen Sie sich nicht ausgelastet mit meinem Auftrag? Sie erwarten nicht ernsthaft, dass ich Sie für diese Recherchearbeiten bezahle? Aber um Ihre Verwirrung zu beseitigen und Ihre Konzentration wieder auf den Fall zu lenken, werde ich Ihnen auf jede Ihrer Fragen eine plausible Antwort geben. Erstens: Sie werden nur wenige Adress- und Telefondaten von Analytikern in Telefonbüchern oder auf Webseiten finden, weil wir für unsere Leistungen nicht werben. Voraussetzung für eine fruchtbare Analyse ist ein Patient, der den Analytiker sucht und findet. Mangelnde Motivation des Analysanden kann nicht durch intensiveres Marketing des Analytikers ersetzt werden. Zweitens: Was die Mitgliedschaft angeht – die Psychoanalyse hat sich entwickelt seit Freud, verschiedene Schulen sind entstanden, und nicht alle diese Schulen sind in der DPV organisiert.

Detektiv: Bleibt die Sekretärin …

Klient: Okay, da muss ich passen.

Detektiv: Nun, vielleicht habe ich eine Erklärung. Vielleicht bin ich nicht der Einzige, der sich zuweilen mit einem Pseudonym tarnt.

Klient: Wie meinen Sie das?

Detektiv: ›Jakob Lakan‹ – Sie hätten sich wirklich etwas mehr Mühe geben können. Wissen Sie, wie lange man im Internet über Psychoanalyse recherchieren muss, um auf den Namen Jacques Lacan zu stoßen? Bei mir waren es nicht mal dreißig Sekunden. Aber um ehrlich zu sein: Ich habe nichts von dem verstanden, was dieser Lacan geschrieben hat. Freud dagegen verstehe ich. Bei dem geht's letztendlich immer ums Ficken.

Klient: Ihr Talent, komplizierte Dinge zu vereinfachen, ist wirklich beneidenswert, Herr Rünz!

Detektiv: Dieser Franzose dagegen mit seinem postmodernen Geschwurbel vom Symbolischen, dem Imaginären und dem Realen – alles Murks, wenn Sie mich fragen. Substanzfreie intellektuelle Seifenblasen.

Klient: Womit auch diese Frage beantwortet wäre. Da diskutieren sich Generationen von Analytikern die Kehlen trocken über die verschiedenen Theorien und Modelle der menschlichen Seele, und Sie hauen den Gordischen Knoten – zack! – durch, hier in Ihrer kleinen Darmstädter Detektei, mal eben so zwischen einer Roth-Händle und einem Glenfiddich. Ich bin wirklich stolz, Sie zu kennen, Karl.

Detektiv: Bleibt die Tatsache, dass Sie ein Pseudonym verwenden.

Klient: Gut. Sie haben recht, ich habe Ihnen nicht meine wahre Identität verraten. Aber das macht mich doch nicht grundsätzlich unglaubwürdig, Mr. Rockwell. Ich *bin* Welders' Analytiker. Ich hatte einfach Angst, meine Zulassung zu verlieren, wenn irgendwie herauskommt, dass ich Sie beauftragt habe.

Detektiv: Bemerkenswert – Sie haben sich nicht irgendeinen Allerweltsnamen zur Tarnung ausgesucht, sondern den des berühmtesten französischen Analytikers. Sie haben Lust am Spiel. Ihnen muss zumindest die Vorstellung Vergnügen bereitet haben, ich könnte Ihr Pseudonym aufdecken. Aber warum haben Sie nicht den Namen des Vaters der Psychoanalyse verfremdet, Sie hätten sich ja auch als Friedmund Seug oder so vorstellen können.

Klient: Sie werden albern, Herr Rünz. Wo wäre da die Herausforderung für Sie gewesen? Wo das Erfolgserlebnis? Sie haben mich enttarnt, gut, Punktsieg für Sie. Jetzt lassen Sie uns weiter nach Welders suchen. Sie haben einen Job zu erledigen. Er ist suizidgefährdet, vergessen Sie das nicht.

Detektiv: Er dachte an Selbstmord? Davon sprechen Sie zum ersten Mal!

Klient: Er hat sich nicht explizit in diese Richtung geäußert, aber ich halte ihn definitiv für gefährdet.

Detektiv: Sie hätten dann eigentlich die Pflicht, die Polizei zu informieren. Ist Ihnen das klar?

Lakan: Karl – ich darf Sie doch Karl nennen, oder? Wenn Sie Ihre Arbeit zügig und akkurat erledigen, kommt niemand zu Schaden und alle Beteiligten werden vor Unannehmlichkeiten im Zusammenhang mit der Polizei bewahrt.

Detektiv: Hm. Hat dieser Lacan nicht vor allem Suizidpatienten behandelt? Wussten Sie davon? Natürlich wussten Sie davon, schließlich sind Sie vom Fach und haben sich seinen verdammten Namen ausgeliehen. Jetzt ahne ich auch, warum Sie nicht in dieser psychoanalytischen Vereinigung organisiert sind. Lacan hat wahrscheinlich damals so eine Art analytischen Geheimbund gegründet, der heute noch existiert und dem Sie angehören. So was wie die Freimaurer.

Klient: Gott, so langsam verstehe ich, wie Sie auf diesen mythischen Dan-Brown-Kitsch in Ihrem Thrillerdebüt gekommen sind. Ihre Fantasie geht mit Ihnen durch, Karl. Wenn Sie mal den inneren Drang verspüren, eine Analyse zu machen, melden Sie sich bei mir. Ich bin sicher, unsere Sitzungen werden eine kurzweilige Angelegenheit für mich. Hat es Sie nie gereizt, eine Expedition in das unbekannte Reich Ihres Unterbewusstseins zu machen?

Detektiv: Ich habe kein Unterbewusstsein.

Klient: Alle Menschen haben eins.

Detektiv: Unsinn. Sie leiden unter selektiver Wahrnehmung. Weil die Menschen, die auf Ihrer Couch liegen, eins haben, denken Sie, alle hätten eins. Nur Menschen mit psychischen Problemen haben ein Unterbewusstsein.

Klient: Hm, interessante Theorie. Was ist mit Ihrer Exfrau? Hat Sie eins?

Detektiv: Meine Exfrau? Die hat *ausschließlich* Unterbewusstsein.

Klient: Gut. Ich schlage Ihnen einen Deal vor, Karl. Wenn es mir gelingt, Ihnen zu beweisen, dass auch Sie ein Unterbewusstsein haben, erlassen Sie mir zwanzig Prozent Ihres Honorars.

Detektiv: Prima! Und wenn es Ihnen nicht gelingt, legen Sie zwanzig Prozent drauf.

Klient: Einverstanden, die Wette gilt.

Detektiv: Gut, legen Sie los.

Klient: Immer langsam, das funktioniert nicht wie ein Quiz. Sie müssen mir schon ein wenig Zeit geben. Wir Analytiker sind Langstreckenläufer ...

Klient: Warum lassen Sie mich kommen, wenn Sie
            Welders immer noch nicht ausfindig gemacht
            haben? Was ist so wichtig, dass Sie es mir nicht
            am Telefon sagen können?

Detektiv: Schauen Sie sich das hier an, Jacques. Ich darf
            Sie doch Jacques nennen? Natürlich nur so
            lange, bis ich Ihren echten Namen kenne.

Klient: Wie Sie wollen. Lassen Sie mal sehen. Eine
            Medikamentenschachtel. Cyclosporin, ein
            Peptid. Unterdrückt die Immunabwehr.
            Wahrscheinlich eins der Medikamente, die
            Welders zur Immunsuppression nehmen
            muss. Wo haben Sie die her?

Detektiv: Für einen Psychologen kennen Sie sich ziem-
            lich gut aus mit Medikamenten.

Klient: Ich bin Psychoanalytiker. *Und* Mediziner.
            Also, was wollen Sie mir dazu erzählen?

Detektiv: Ich habe die Packung bei meiner Besichtigung
            von Welders' Wohnung mitgenommen.

Klient: Eines seiner Medikamente? Sind Sie wahnsin-
            nig?

Detektiv: Beruhigen Sie sich, Jacques. Die Schachtel
            war leer, ich habe sie aus seinem Papierkorb

gefischt. Irgendwas an der Packung kam mir komisch vor, aber ich wusste nicht was. Also habe ich sie eingesteckt. Alter Ermittlerinstinkt. Und? Fällt Ihnen was auf?

Klient: Hm. Nein. Keine Ahnung, worauf Sie hinauswollen.

Detektiv: Sehen Sie sich dieses graue Punktmuster an. Kommt Ihnen das nicht komisch vor?

Klient: Mein Gott, ich kann mich nicht auch noch mit der grafischen Gestaltung von Medikamentenpackungen beschäftigen. Ich habe Wichtigeres zu tun.

Detektiv: Diese grauen Punkte sind eigentlich Blindenschrift, Braille. Aber die Punkte ergeben bloß Sinn, wenn sie aufgeprägt werden, nur dann können sie mit den Fingerspitzen ertastet werden. Die hier wurden einfach aufgedruckt. Eine Fälschung.

Klient: Warum? Vielleicht ein billiges Generikum?

Detektiv: Das unter dem gleichen Namen vertrieben wird wie das Original? Ausgeschlossen. Und die Kennzeichnung mit Blindenschrift ist heute europaweit vorgeschrieben. Ich habe diese Packung einem Apotheker vorgelegt. Er hält es für einen Placebo, eines dieser Scheinmedikamente, die in klinischen Studien eingesetzt werden. Ich habe ein wenig im Web gegoogelt. Und nach ein paar Minuten hatte ich eine ganze Handvoll Dienstleister aus dem Umfeld der pharmazeutischen Industrie identifiziert, die für jede Pille oder Tablette, die man ihnen vorlegt, schnell und günstig eine völlig wirkungsneutrale Kopie herstellt, die nicht nur exakt gleich aussieht, sondern auch noch im originalgetreuen Blister inklusive Verpackung steckt. Völlig legal übrigens, sie brauchen nicht mal ein Rezept, um da ranzukommen.

Klient: Und einer dieser Dienstleister heißt nicht zufällig HeinerChem Industries? Ich glaube, Sie werfen Fiktion und Realität mal wieder durcheinander, Karl.

Detektiv: Schon möglich. Aber stellen Sie sich vor, jemand dringt – vor mir – in Welders' Wohnung ein und vertauscht seine komplette Urlaubsration Medikamente gegen diese Placebos.

Klient: Um was zu erreichen?

Detektiv: Um ihn auf eine unglaublich raffinierte Art umzubringen! Er entwickelt allmählich Abstoßungsreaktionen trotz regelmäßiger Medikamenteneinnahme. Und wenn er in ein Krankenhaus kommt, ist es vielleicht schon zu spät. Eine tragisches, aber nicht ganz ungewöhnliches Schicksal für einen Herztransplantierten. Niemand schöpft Verdacht, keine äußere Gewalteinwirkung, keine toxischen Substanzen im Körper, keine Hinweise auf Fremdeinwirkung. Der perfekte Mord. Und er erwähnte ja schon seiner Mutter gegenüber, dass er sich nicht fit fühlt.

Klient: Ob das mit dieser Detektei wirklich die richtige Idee von Ihnen war, Karl? Ohne einen Mordfall scheinen Sie morgens nicht aus dem Bett zu kommen. Ja, mir scheint, Sie wählen aus allen Erklärungen für Phänomene grundsätzlich die dramatische Variante aus. Vielleicht muss man als Thriller-Autor ja so denken.

Detektiv: Seltsam, das hat mir meine Frau auch immer vorgeworfen.

Klient: Ihre baldige *Ex*frau. Übrigens: Ist sie so circa ein Meter siebzig groß, mit halblangem, glattem brünettem Haar, zierlicher Figur, so um die Mitte vierzig?

Detektiv: Woher zum Teufel …?

Klient: Beruhigen Sie sich, keine Bange. Ich glaube, ich habe sie zufällig unten am Hauseingang getroffen. Sie fragte mich nach dem Briefkasten Ihrer Detektei. Und die Art, wie sie Ihren Namen aussprach, da dachte ich …

Detektiv: Verdammt. Sicher wieder Post von ihrem Anwalt. Wahrscheinlich fängt sie jetzt an, diese unverschämten Schriftstücke persönlich zu überbringen, damit ich den Empfang nicht abstreiten kann.

Klient: Wie konnte Ihre Ehe so aus dem Ruder laufen, Karl?

Detektiv: Keine Ahnung. Oft waren es Alltagssituationen. Wir saßen zum Beispiel beim Frühstück, und sie fragte mich: ›Sag mal, findest du nicht auch, dass die Gisela‹, das ist unsere damalige Nachbarin, ›ziemlich abgenommen hat?‹

Klient: Oh, Sie brauchen gar nicht weiterzuerzählen, Karl. Ein klassischer Catch 22.

Detektiv: Ein was?

Klient: Eine kommunikative Sackgasse, eine ausweglose Situation, no way out. Egal, was Sie sagen, Sie stecken im nächsten Moment tief drin im Dreck. Wie haben Sie reagiert?

Detektiv: Ich sagte, das wäre mir nicht aufgefallen, und da …

Klient: Ganz schlecht. Gaaanz schlecht. Sie hat Ihnen vorgeworfen, das wäre ja mal wieder typisch, Sie würden sowieso auf gar nichts achten, Sie wären ja so unaufmerksam, da könnte man als Frau ja mit grünen Haaren am Frühstückstisch sitzen …

Detektiv: Genau, woher wissen Sie?

Klient: Ein Klassiker. Aber trösten Sie sich, Sie hatten keine Chance. Hätten Sie die Beobachtung Ihrer Frau bezüglich Giselas Gewichtsverlust bestätigt, wären Sie ganz schnell in einer Diskussion darüber gewesen, wie genau Sie sich denn Ihre Nachbarin jeden Tag anschauen. Und hätten Sie die Einschätzung Ihrer Frau nicht geteilt, hätte sie Sie zu einer Stellungnahme genötigt, ob Gisela denn abnehmen *sollte* oder nicht. Und wie auch immer Ihre Antwort auf diese Frage gewesen wäre, die darauffolgende Frage – ob Sie Gisela für pummeliger oder weniger pummelig als Ihre Frau halten –, hätte Sie in die nächste Sackgasse geführt.

Detektiv: Was empfehlen Sie Ihren Patienten in solchen Fällen? Ich meine, den Männern auf Ihrer Couch.

Klient: Na ja, als Analytiker gebe ich eigentlich keine Handlungsempfehlungen, aber in so einem Fall hilft nur der Notausgang.

Detektiv: Man soll einfach abhauen?

Klient: Nein, im übertragenen Sinn. Sie stehen zum
            Beispiel vom Frühstückstisch auf, blicken ver-
            wirrt und etwas verzweifelt umher und sagen
            so etwas wie: ›Sag mal, Schatz, hast du meinen
            Akkuschrauber gesehen?‹

Detektiv: Und *das* soll helfen?

Klient: Klar! Ihre Partnerin wird darauf etwas erwi-
            dern wie: ›Nein, aber so wie du dein Werk-
            zeug in der Wohnung verteilst, wundert mich
            nicht, dass du nichts mehr findest.‹ Sie haben
            sie elegant vom Thema abgelenkt, verstehen
            Sie? Frauen sind oft wie Pferde, ein leichter
            Pikser mit den Sporen in die Seite kann sie in
            eine neue Richtung bringen. Aber da muss
            doch mehr gewesen sein als solche Standard-
            situationen, die in jeder langjährigen Bezie-
            hung vorkommen.

Detektiv: Ja, schon. Meine Frau – meine zukünftige
            Exfrau – sagt, ich sei ein Ausländer im Land
            der Emotionen. Sie braucht einen Mann, mit
            dem sie sich über ihre Gefühle austauschen
            kann, sagt sie.

Klient: Wahrscheinlich hat ihr genau das imponiert,
            als Sie sich kennenlernten. Eine faszinierende
            Unnahbarkeit und Verschlossenheit, dazu der
            etwas morbide und nicht ganz ungefährliche
            Beruf eines Ermittlers in der Mordkommis-
            sion …

Detektiv: Schon möglich.

Klient: Hat sie versucht, Sie zu domestizieren? Sie zu einem Mann zu machen, der über seine Gefühle spricht?

Detektiv: Sie hat. Und ist gescheitert.

Klient: Nun, sie hätte sich auch von Ihnen getrennt, wenn sie Erfolg gehabt hätte. Gerade *weil* Sie dann nicht mehr der faszinierende und rätselhafte Lonesome Rider gewesen wären. Vermissen Sie sie manchmal?

Detektiv: Ich muss meine Wohnung jetzt selbst in Ordnung halten. Kochen, einkaufen, waschen, putzen – eine Zumutung für einen Mann, wenn Sie mich fragen. Entwürdigend.

Klient: Und ein beneidenswert pragmatischer Rückblick auf den Sinn einer Partnerschaft.

Detektiv: Ich habe mir da nie was vorgemacht. Eine Ehe ist wie ein Boxkampf. Sie können nicht jede Runde gewinnen, aber am Schluss sollten Sie nach Punkten vorn liegen.

Klient: Haben Sie Kinder?

Detektiv: Nein, Sie?

Klient: Eine Tochter. Sie ist zweiundzwanzig.

Detektiv: Haben Sie Kontakt zu ihr? Verstehen Sie sich gut?

Klient: Ich glaube, sie versteht mich besser als ich sie.

Detektiv: Sie ist eben eine Frau, Jacques. Kann ich Ihnen einen kleinen Bowmore von der Insel Islay anbieten? Hat mein Bessunger Händler gestern frisch reinbekommen. Maritim-salzige Note, mit deutlichem Sherry-Aroma. Ein Erlebnis.

Klient: Gerne. – Ja, der ist wirklich gut. Sagen Sie, Karl: Was treibt eine attraktive junge Frau wie meine Tochter dazu, ständig mit Männern anzubandeln, die dreißig Jahre älter sind als sie?

Detektiv: Ich bitte Sie, das sind doch Standardsituationen für einen Psychoanalytiker! Vielleicht sucht sie bis in alle Ewigkeit einen Vaterersatz, weil der leibliche Vater, also Sie, in jungen Jahren nicht präsent war. Vielleicht will sie Sie auch einfach kränken. Was weiß ich. Sie sind der Fachmann für diesen Krempel.

Klient: Sie haben recht. Wahrscheinlich will sie mich einfach kränken. Eine unendliche Geschichte. Das ging schon früh los. Ich erinnere mich noch an ihren ersten Freund. Ich meine, ihren ersten *festen* Freund. Sie war damals Fünfzehn.

Detektiv: Sie meinen, den ersten, mit dem sie ins Bett ging.

Klient: Wenn Sie so wollen – ja.

Detektiv: Wenn ich mir Ihren Gesichtsausdruck so anschaue – der junge Mann war Ihnen wohl nicht so sympathisch!

Klient: Er war sechs Jahre älter als sie, so ein Hüne mit Lederjacke. Als sie ihn zum ersten Mal mit nach Hause brachte und ihn mir vorstellte, unterhielten wir uns kurz im Wohnzimmer. Ich fand, er machte einen arroganten und überheblichen Eindruck. Dann zog sie ihn weg von mir, sagte so etwas wie: ›Wir gehen noch kurz hoch auf mein Zimmer, Paps.‹ Auf dem Treppenabsatz drehte der Typ noch mal seinen Kopf zu mir, schaute mich grinsend an und zwinkerte mir zu. Können Sie sich das vorstellen? Dieser Scheißkerl zwinkerte mir zu, nach dem Motto: ›Du und ich, wir beide wissen, was ich da oben jetzt mit deiner süßen kleinen Prinzessin mache.‹ Der wusste haargenau, was es für einen Vater bedeutet, irgendwann einem anderen Mann den Zugriff auf den Körper seiner Tochter zu gewähren.

Detektiv: Und? Haben Sie die beiden belauscht beim Poppen?

Klient: Sie werden geschmacklos, Karl. Ich bereue jetzt schon, Ihnen diese private Anekdote erzählt zu haben.

Detektiv: Na, kommen Sie, Jacques. Ein abgebrühter Ödipus-Experte wie Sie muss über so was doch reden können, als ginge es ums Wetter. Also: Haben Sie sie gehört?

Klient: Ja, in Gottes Namen. Ich habe die beiden gehört. Können wir jetzt das Thema wechseln?

Detektiv: Und hatten die beiden – der Geräuschkulisse nach zu urteilen – guten Sex? Oder klang es so, als würde da etwas gegen den Willen Ihrer Tochter passieren?

Klient: Karl, Sie sind ein Voyeur. Ich fürchte, wenn wir nicht sofort das Thema wechseln, werden Sie vor mir anfangen zu onanieren. Und das möchte ich mir ersparen.

Detektiv: Gut, Jacques. Ich möchte Sie nicht weiter quälen. Lassen Sie mich spekulieren: Die animalischen Laute Ihrer Tochter pendelten ständig zwischen Schmerz und Lust, Widerstand und Hingabe. Ihr Verstand sagte Ihnen, dass alle Frauen so klingen, wenn Sie guten Sex haben. Aber Ihr Herz sagte Ihnen, dass dieser böse Wolf gerade Ihr kleines Schneewittchen schändet. In einem Moment standen

Sie schon auf dem Treppenabsatz, um dieses unschuldige, blutjunge Geschöpf aus den Fängen des triebhaften Berserkers zu befreien, und im nächsten Augenblick schüttelten Sie den Kopf, beschämt über Ihre alberne Unfähigkeit, Ihre Tochter ins Erwachsenenleben zu entlassen.

Klient: Ohne ins Detail gehen zu wollen, Karl: Es war ein Moment, in dem ich mir wünschte, einen Sohn zu haben, und keine Tochter.

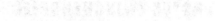

ERSTES ZWISCHENSPIEL

Noch vier Stufen bis zum Treppenabsatz – drei – zwei – eins – und Pause. Alfonse Antolini beugte den Rumpf nach vorn, stützte die Arme auf den Oberschenkeln ab. Er atmete flach und schnell. In seinem Sichtfeld flimmerte es, als würden Tausende kleiner Ameisen auf seiner Netzhaut herumkrabbeln. Sein Puls raste, auf seiner Stirn bildeten sich kleine Schweißperlen. Er konnte keinen klaren Gedanken mehr fassen. Nur nicht hinsetzen. Wenn er sich jetzt hinsetzte, schaffte er es nicht mehr bis in den dritten Stock. Und wenn einer der Hausbewohner ihn in diesem Zustand im Treppenhaus herumsitzen sah, dann gab es Gerede. Und Gerede konnte er nicht brauchen.

Langsam ließen Schwindel und Atemnot nach, er richtete sich vorsichtig wieder auf, mit dem Rücken an die speckige Wand des Treppenhauses gelehnt. Die Sauerstoffsättigung in seinem Blut stieg an, sein Gehirn begann wieder zu arbeiten. Zwei Monate zuvor hatte er den Aufstieg noch ohne Pause geschafft. Langsam, aber ohne Zwischenstopp. Jetzt war er so weit, dass er sich über jeden Treppenabsatz freute wie ein Polarforscher über ein mit letzter Kraft erreichtes Basislager. Wenn der Leistungsverlust weiter so voranschritt, war er in spätestens vier Wochen außerstande, einen Patienten in seiner Praxis zu empfangen. *Den* Patienten zu empfangen. Seinen letzten.

Er zog ein Papiertaschentuch aus der Hosentasche und wischte sich den Schweiß von der Stirn. Einmal mehr versuchte er, seinem Berufsleben im Rückblick einen Sinn zu geben. Wie vielen Analysanden hatte er in den vergangenen zwei Jahrzehnten helfen können, ihrer Existenz wieder Positives abzugewinnen? Dreißig, vielleicht fünfunddreißig. Hatte er einige von ihnen vor dem Suizid bewahren können? Ganz sicher. Aber es war keine Aneinanderreihung von Erfolgserlebnissen gewesen. Rückschläge hatte er verkraften müssen. Zwei seiner Analysanden hatten sich während der Behandlungsphase für den Freitod entschieden. Verheerende Rückschläge, die ihn an den Rand seiner professionellen und privaten Existenz gebracht hatten. Die Rückschläge hatten ihn Demut gelehrt. Sie hatten aus einem forschen, selbstgewissen und erfolgsverwöhnten Junganalytiker einen nachdenklichen, vorsichtigen Seelenarzt gemacht, der sich der Grenzen seiner Möglichkeiten bewusst war.

Mit beiden Händen den Treppenlauf umklammernd, nahm Antolini die nächsten zehn Stufen bis zum zweiten Stockwerk in Angriff, verbrachte dabei fast eine viertel Minute auf jeder Stufe. Er hatte ausreichend Zeit für den Aufstieg eingeplant. Trotzdem dachte er darüber nach, in Zukunft die eine oder andere Nacht in der Praxis zu verbringen. Sein schlaffer Herzmuskel versuchte wieder verzweifelt, sich auf den wachsenden Sauerstoffbedarf einzustellen, und erhöhte mangels Pumpleistung die Pulsfrequenz. Der Tag würde kommen, an dem Patient O ihn im Treppenhaus einholte, ihm bis zum dritten Stock hinaufhalf und ihn in den Sessel setzte. Ein junger Mann half einem alten Mann – keine große Sache. Aber es störte das Ritual; die Begrüßung an der Praxistür, den gemeinsamen Gang in das Behandlungszimmer, die Inbeschlagnahme von Couch und Sessel. Erst der feste rituelle Rahmen gab dem Patienten die Möglichkeit, in diesen magischen fünfzig Minuten zwischen Begrüßung und Verabschiedung frei und ohne innere Schranken zu assoziieren. Die Voraussetzung für seine Genesung – oder für seinen Tod.

Antolinis strapaziöse Ein-Mann-Expedition erreichte den zweiten Stock. Er nahm sich vor, die Erholungspause so kurz wie möglich zu halten, um die beiden Mieter nicht auf sich aufmerksam zu machen. Für den Fall, dass einer der beiden schon hinter dem Türspion lauerte, zog er einige Kassenzettel aus der Innentasche seiner Weste und studierte sie aufmerksam, den Oberkörper auf das Geländer gestützt. So wirkte er, als würde er konzentriert die korrekte Addition der Einzelposten einer Einkaufstour kontrollieren. Er schaute auf die Uhr. In zehn Minuten würde O eintreffen. O war immer pünktlich. Bei vielen Patienten offenbarte sich in ständigen Verspätungen der unbewusste Widerstand gegen die gemeinsame Arbeit. Nicht so bei O. Das machte die Sache nicht leichter für Antolini. Denn er sollte nicht nur rechtzeitig oben sein, um O die Praxistür zu öffnen. Er sollte dabei möglichst auch entspannt und ausgeruht wirken. Denn ein erschöpft und übermüdet wirkender Analytiker konnte in einem Analysanden eine ganze Kaskade von Projektionen auslösen, die mühsam aufgedröselt werden mussten: Ist mein Arzt wegen mir so fertig? Habe ich ihn in der letzten Sitzung gekränkt oder verletzt? Hat er die ganze Nacht über mich nachgedacht – seinen anspruchsvollsten und schwierigsten Patienten? Ist er verzweifelt und deprimiert über den ausbleibenden Behandlungserfolg? Muss ich mich noch mehr anstrengen?

Mitunter staunte Antolini über die kalte Berechnung in dem Spiel, das er mit O trieb. Bereitete ihm sein perfider Plan Gewissensbisse? Ein wenig schon. Aber sie schwanden, je bedrohlicher sein körperlicher Zustand wurde. Die Diagnose hatte innerhalb von Wochen zehn Millionen Jahre Evolution rückgängig gemacht; ihn von

einem aufgeklärten, kritischen Intellektuellen in ein krankes Säugetier verwandelt, das nur noch ein Ziel kannte:
Überleben. Und er hatte dieser Verwandlung nicht einmal
großen Widerstand entgegenzusetzen. Ab und an regten
sich die Rudimente seines Über-Ichs. Er erwischte sich
dann dabei, eine moralische Gewinn-Verlust-Rechnung
aufzustellen. Wer mehr als dreißig Menschen vor dem
Suizid bewahrt hatte, dem konnte doch niemand einen
Vorwurf machen, wenn er einen Menschen ... Hinter
einer der Wohnungstüren scharrte es. Antolini zuckte
zusammen. Hatte er wieder Selbstgespräche geführt, wie
am Morgen in der Schlange an der Supermarktkasse? Er
musste sich zusammenreißen. Krankheit und Alter machten aus Erwachsenen wieder Kinder. Spontane, gefühls-
gesteuerte Wesen, die nicht darüber nachdachten, was
sie erzählten.

Er musste weiter. Zwanzig Stufen noch. Zwei Etap-
pen. Auf dem Absatz gönnte er sich wieder eine Auszeit. Zwanzig Jahre zuvor war er diese Treppe als lei-
denschaftlicher und begeisterter Junganalytiker hochge-
stürmt – heute mangelte es ihm dafür nicht nur an körperlicher Kraft, sondern auch an professionellem Idealismus.
Antolini war während der Sitzungen mit O geradezu
schockiert darüber gewesen, wie leicht sich die gemeinsame analytische Arbeit, die im allgemeinen Symptome
linderte und die Befindlichkeit des Patienten besserte, in
eine destruktive Richtung leiten ließ. Entgegen anfängli-
cher Befürchtungen hatte er bei den Sitzungen mit O zu
keinem Zeitpunkt das Gefühl gehabt, aktiv manipulieren
zu müssen. Meist waren nur winzige Justagen am analytischen Handwerkszeug nötig gewesen, um den Erkennt-
nisprozess des Analysanden auf völlig neue, verhängnis-

volle Wege zu bringen. War die Psychoanalyse *per se* eine Heilmethode? Antolini hatte während der Arbeit mit O den Glauben daran verloren.

Er schaffte die zwanzig Stufen ohne Zwischenstopp auf dem Treppenabsatz. Ein kleines Wunder. Als ahnte sein krankes Herz, dass es hier um alles oder nichts ging, mobilisierte es die letzten Reserven. Er erreichte die Tür seiner Praxis und schaute auf seine Armbanduhr. Noch sechs Minuten. Antolini fingerte den Schlüsselbund aus seiner Hosentasche, schloss auf, schleppte sich durch die Diele zu dem kleinen Toilettenraum, spritzte sich kaltes Wasser ins Gesicht und trocknete sich ab. Noch vier Minuten. Er ging zum Behandlungszimmer, legte ein frisches Papiertuch über das Kopfkissen auf der Couch, ließ den Rollladen herab und dimmte das Deckenlicht so weit herunter, bis der Raum wirkte wie von Kerzen illuminiert. Ganz so, wie O es bevorzugte. Dann hörte er Os Schritte im Treppenhaus.

ZWEITER AKT

1

Detektiv: Mal wieder einen Kleinen zum Einstieg heute, Jacques? Mein Bessunger Händler hat mir diesen Bruichladdich von den Inneren Hebriden besorgt. Hmmm, ein Aroma, als würde man in einen rauchenden Torfballen beißen.

Klient: Nein. Danke. Heute bitte nicht. Ich hoffe, Sie können mir endlich etwas Handfestes auf den Tisch legen. Haben Sie neue Ergebnisse? Hat seine Mutter sich bei Ihnen gemeldet?

Detektiv: Wirklich keinen Drink? Ich bin sicher, Sie werden einen brauchen.

Klient: Sie haben eine heiße Spur von Welders?! Ist er wieder bei seiner Mutter?

Detektiv: Nein und nein. Aber ich habe eine Spur von seinem Organspender.

Klient: Ich habe Sie nicht für die Suche nach dem Spender engagiert.

Detektiv: Manchmal kommt man über Umwege zum Ziel. Und ich hatte keine Lust, untätig herumzusitzen, bis Welders zufällig wieder auftaucht. Er sucht die Identität seines Spenders, so viel wissen wir. Und er hat sicher nicht viel länger als ich gebraucht, um diesen Brief als Fälschung zu entlarven. Er ist also höchstwahrscheinlich immer noch auf der Suche. Wenn ich die Identität dieses Unglücklichen lüften kann, gelingt es Welders vielleicht auch. Vielleicht spielt er gar keine Kriegsspiele auf den Schlachtfeldern von Verdun. Vielleicht kontaktiert er gerade die Angehörigen des Spenders, um mehr über die Herkunft der Pumpe in seiner Brust zu erfahren.

Klient: Niemals. Sie werden bei der Suche genauso wenig Erfolg haben wie er.

Detektiv: Sie vergessen: Ich habe über zwanzig Jahre bei der Polizei gearbeitet! Haben Sie noch nie etwas von alten Seilschaften gehört? Oder wie nennt man das heute? Networking? Jedenfalls gibt sich ›InterTransplant‹ den Strafverfolgungsbehörden gegenüber weit weniger zugeknöpft als gegenüber Organempfängern.

Klient: Aber warum der Aufwand? Er hat seine Rückkehr doch längst bei seiner Mutter angekündigt!

Detektiv: Sind Sie da sicher? Vielleicht hat mir seine Mutter ein hübsches Theaterstück vorgespielt. Vielleicht weiß sie genau, wo ihr Sohn sich aufhält. Vielleicht hat sie ihm sofort nach meinem Besuch erzählt, dass ein Schnüffler hinter ihm her ist. Ich habe immer gerne ein zweites Eisen im Feuer.

Klient: Sie haben die Information direkt von ›Inter-Transplant‹?

Detektiv: Ja, warum? Sie sind etwas blass um die Nase, Jacques. Soll ich ein Fenster öffnen?

Klient: Ja, bitte. Aber der Spender ist tot, was also soll das Ganze?

Detektiv: Die *Spenderin* ist tot.

Klient: Er hat das Herz einer Frau? Das ist unmöglich!

Detektiv: Ich bitte Sie, Jacques. Als Mediziner sollten Sie wissen, dass Organtransfers zwischen den Geschlechtern durchaus nicht ungewöhnlich sind.

Klient: Ja und? Wer war die Spenderin?

Detektiv: Das kann ich Ihnen leider nicht sagen. Ich würde damit meine Kompetenzen überschreiten. Wie Sie eben schon sagten: Es ist ja nicht Teil meines Auftrages. Außerdem würde das Wissen um diese harten Fakten seiner Lebensrealität die analytische Arbeit mit ihm doch eher stören, wenn ich Sie vor ein paar Tagen richtig verstanden habe! Ich gebe zu, es war etwas albern, Sie wegen dieser Neuigkeit eigens hierher zu ordern. Aber ich war wohl einfach zu stolz auf mein Ermitt-

lungsergebnis und wollte es Ihnen unbedingt
mitteilen.

Klient: Mein Gott, das muss furchtbar gewesen sein
            für die Familie dieser jungen Frau …

Detektiv: Erwähnte ich ihr Alter? Egal, Sie haben recht,
            sie muss relativ jung gewesen sein, sonst hätte
            man sie wohl nicht als potenzielle Herzspen-
            derin in Betracht gezogen.

Klient: Furchtbar. Haben Sie je schwere Verluste erlit-
            ten, Karl? Ich meine, von Ihrer Scheidung
            abgesehen? Haben Sie je Angehörige verlo-
            ren?

Detektiv: Meine Eltern sind bei einem Verkehrsunfall
            gestorben, als ich Anfang zwanzig war. Mein
            Vater war sofort tot, meine Mutter hat noch
            einige Tage überlebt im Krankenhaus.

Klient: Waren Sie bei ihr, als sie starb? Was empfan-
            den Sie?

Detektiv: Ich weiß nicht – Sie sind vielleicht geschockt,
            wenn ich Ihnen das erzähle.

Klient: Ich bitte Sie, ich bin Analytiker. Mir ist nichts
            Menschliches fremd. Manchen meiner Patien-
            ten steigen auf der Couch die Freudentränen
            in die Augen, wenn sie vom Tod ihrer Eltern
            erzählen.

Detektiv: Ich fand es irgendwie technisch und banal. Sie lag da, mit all diesen Schläuchen verbunden, über ihr der Monitor, der ihren schwächer werdenden Puls und was weiß ich für Biodaten anzeigte, neben mir der junge, unerfahrene Arzt mit betretenem Gesicht – es erschien mir alles so unwirklich. Es kostete mich Überwindung, Erschütterung und Trauer zu simulieren, aber ich denke, es wurde von mir erwartet. Dabei fühlte ich mich eher, als hätte ich ein altes Auto in die Werkstatt gebracht und erführe vom Meister, dass eine Reparatur keinen Sinn mehr hat. Aus Ihrer professionellen Sicht ist das sicher kein angemessener Umgang mit dem Tod. Oder?

Klient: Wenn eine allgemeingültige Gebrauchsanweisung für den Umgang mit dem Tod von Angehörigen existiert, dann habe ich sie noch nicht entdeckt.

Detektiv: Seltsam, wenn ich heute drüber nachdenke ... Damals fragte mich niemand, ob ich ihren Körper für eine Organspende freigebe. Ich stelle mir das sehr schwierig vor, so eine Entscheidung zu treffen, in dieser Situation ...

Klient: Warum schauen Sie mich so seltsam an, während Sie mir diese Geschichte erzählen, Karl?

Detektiv: Seltsam? Wie meinen Sie das, Jacques?

Klient: Als wollten Sie meine Reaktion auf Ihre Schilderung beobachten. Normalerweise sind Menschen, die etwas sehr Persönliches aus ihrer Biografie berichten, eher in sich gekehrt. Sie aber wirken, als hätten Sie einen Angelhaken mit Köder ins Wasser geworfen und warteten nun gespannt darauf, ob etwas anbeißt.

Detektiv: Hm. Keine Ahnung. Vielleicht einfach nur eine Projektion von Ihnen. Nennt man das nicht so in der Psychoanalyse?

2

Detektiv: Sie sind über eine Stunde zu spät, Jacques.

Klient: Oh, entschuldigen Sie, ich wurde aufgehalten. Sie sehen schlecht aus, Karl. Probleme? Läuft der Rosenkrieg nicht wie geplant?

Detektiv: Ich hatte heute morgen einen Termin vor dem Scheidungsrichter. Ein Desaster.

Klient: Ich verstehe nicht – Sie und Ihr Anwalt waren doch perfekt vorbereitet!

Detektiv: Die Gegenseite hat jedes unsere Argumente zerpflückt – ach was, in der Luft zerrissen. Es war, als ob sie unsere Argumentationslinie schon Tage vorher auf dem Schreibtisch hatten und in aller Ruhe und punktgenau ihre Konter ausarbeiten konnten.

Klient: Sieht so aus, als hätte Ihnen jemand einen Streich gespielt. Haben Sie eigentlich noch von diesem herrlichen Bruichladdich? So einen Kleinen würde ich mir jetzt gönnen, aber mit Soda bitte, ist ja noch recht früh am Tag.

Detektiv: Ich verstehe das nicht. Niemand außer mir und meinem Anwalt hat von unserer Strategie gewusst, mir ist absolut schleierhaft, wie das passieren konnte.

Klient: Wirklich seltsam. Etwas mehr Soda, bitte!

Detektiv: Außer mit Ihnen habe ich mit absolut nie-
            mandem über dieses Thema gesprochen, nicht
            mal ...

Klient: Was ist los, warum reden Sie nicht weiter,
            Karl? Vorsicht, das Glas läuft über!

Detektiv: SIE haben mit ihr gesprochen, Jacques!

Klient: ICH? Warum sollte ich? Ich kenne Ihre Frau
            überhaupt nicht!

Detektiv: Von meinem Anwalt abgesehen sind Sie der
            Einzige, mit dem ich über Details meiner Ehe
            gesprochen habe. Und Sie haben meine Frau
            vor ein paar Tagen kennengelernt. Unten
            am Briefkasten. Reden Sie, Jacques, oder ich
            bekomme schlechte Laune. Ich war bei Verhö-
            ren immer der böse Cop, und ich habe meine
            Rolle geliebt.

Klient: Himmel, beruhigen Sie sich bitte, Karl! Und
            könnten Sie bitte etwas mehr Abstand hal-
            ten? Sie machen mir Angst. Was haben Sie
            mit Ihrem Zeigefinger vor, wollen Sie mich
            erstechen? Ich sage Ihnen die Wahrheit,
            wenn Sie versprechen, sich wie ein zivilisier-
            ter Mensch zu benehmen. Ja, ich gebe zu, ich
            war nicht ganz ehrlich zu Ihnen. Wir – Ihre
            Exfrau und ich – haben uns kurz unterhalten

unten am Eingang, vor ein paar Tagen. Ich sah, wie sie einen Umschlag in Ihren Briefkasten einwarf. Ich war irgendwie neugierig, stellte mich dumm, fragte sie, ob sie wisse, wo ich die Detektei Rünz finde. Sie gab mir Auskunft, machte dabei aber einen Gesichtsausdruck, als würde Sie mir von ihrer letzten Hämorrhoiden-Operation erzählen. Ich fragte sie ganz unschuldig, ob sie schlechte Erfahrungen mit dieser Detektei gemacht habe, keine zwei Minuten später wusste ich, dass ich mit Ihrer Exfrau rede. Ein kurzer Small Talk, nichts weiter.

Detektiv: Haben Sie sie seitdem wiedergesehen?

Klient: Also ich glaube nicht, dass ich Ihnen Rechenschaft über mein Privatleben schuldig ... Lassen Sie meinen Kragen los, Karl.

Detektiv: Hören Sie, Jacques. Machen Sie jetzt keinen Fehler. Wenn Sie sofort auspacken, kriegen Sie mildernde Umstände von mir. Wenn ich mir die Fakten mühsam zusammensuchen muss, wird es schmerzhaft. Haben Sie sie seitdem wiedergesehen?

Klient: Ja, in Gottes Namen. Ja, wir haben uns wiedergesehen. Vor drei Tagen haben wir uns unten in der Bar auf der anderen Straßenseite getroffen.

Detektiv: Sie sitzen mit meiner Exfrau in der Bar direkt gegenüber meiner Detektei. Sie haben Nerven. Zufällig getroffen oder verabredet?

Klient: Verabredet wäre übertrieben ...

Detektiv: Soso, übertrieben. Und Sie Vollpfosten hatten nichts Besseres zu tun, als ihr meinen Schlachtplan für den Gerichtstermin unter die Nase zu halten?

Klient: So war das nicht. Wir kamen irgendwie auf Ihre Ehe zu sprechen ...

Detektiv: Verdammt, Sie kamen nicht ›irgendwie‹ auf unsere Ehe zu sprechen, Sie waren *heiß* darauf, meine Frau ...

Klient: ... Ihre *Ex*frau ...

Detektiv: ... zum Reden zu bringen. Sie sind professionell deformiert, Sie sind ein verdammter Beziehungsspanner. Weiß meine Ex, dass Sie mein Klient sind?

Klient: Na ja, ich habe mich da durch eine ungeschickte Äußerung verraten ...

Detektiv: Natürlich. Und als meine Frau merkte, dass Sie und ich uns ab und an auch über Privates unterhalten, haben Sie sich von ihr ausquetschen lassen wie eine Zitrone. Geben Sie zu,

Sie haben ihr alles verraten, was ich Ihnen über meine Ehe erzählt habe.

Klient: Na ja, ich dachte, es könnte etwas deeskalierend auf den Scheidungskrieg wirken, wenn ich versuche, Ihrer Exfrau *Ihre* Sicht der Dinge etwas näherzubringen. Warum lachen Sie so hämisch?

Detektiv: Sie müssen wirklich gedacht haben, sie steht auf Sie, Jacques. So naiv kann doch ein Mensch allein gar nicht sein. Und schon gar kein Analytiker. Sie balzt Sie an, weil Sie der perfekte IM sind, ein Maulwurf mitten im Herz des Klassenfeindes. Sie hat Sie nach Strich und Faden ausgenutzt!

Klient: Natürlich, Karl. Und wie immer stehen *Sie* im Mittelpunkt der Weltgeschichte.

Detektiv: Was sollen diese dämlichen Sprüche, Jacques?

Klient: Ganz gleich, was Ihre Exfrau tut oder lässt, ob sie mit einem anderen Mann einen Kaffee trinkt, es scheint ihr dabei – in Ihrer Vorstellungswelt – immer nur um *Sie* zu gehen. Eine Erklärung, die dem Narziss in Ihnen schmeichelt. So bleiben Sie für immer der Mittelpunkt des Lebens Ihrer Exfrau. So wichtig, dass sie sogar bereit ist, für Informationen über Sie mit einem anderen Mann anzubandeln. Mal ganz ehrlich, Karl: Wie geht es Ihnen bei der Vorstellung, dass sich Ihre Exfrau ganz entspannt mit einem anderen Mann trifft und dabei ausschließlich an eine Zukunft *ohne* Sie denkt, und nicht an die Vergangenheit *mit* Ihnen? Beunruhigend, oder?

Detektiv: Verdammt, ich habe Sie nicht als Therapeut engagiert! Sie sind mein Klient, halten Sie die Finger über der Bettdecke und aus meinem Privatleben raus!

Klient: So wie Sie Ihre Finger aus meinem Privatleben halten? Darf ich an Ihre kleine Rechercheaktion bezüglich meiner Identität erinnern? Und überhaupt: Gehören die persönlichen Beziehungen Ihrer Exfrau noch zu Ihrem Privatleben, Karl? Jede Wette: Als ich Ihnen vor ein paar Tagen von der Begegnung mit ihr unten am Eingang erzählte – stürmten Sie nicht sofort nach unserem Arbeitsgespräch runter zum Briefkasten, um zu sehen, was sie eingeworfen hat? Und hofften Sie nicht insgeheim auf ein intimes, handgeschriebenes Eingeständnis ihrer immer noch innigen Zuneigung Ihnen gegenüber. Eine stille, verzweifelte Liebeserklärung, die Ihrem Ego so richtig Zucker gegeben hätte. Aber nach meiner kleinen Unterhaltung mit Ihrer Exfrau tippe ich eher auf eine kühle und nüchterne Auflistung ehemaliger gemeinsamer Haushaltsgegenstände, deren Zuteilung noch zu klären ist.

Detektiv: Ach, hören Sie doch auf, Jacques. Das klingt alles nach Vordiplom Vulgärpsychologie.

Klient: Sie sind gekränkt, das verstehe ich. Was mich angeht – ich fand das Treffen mit Ihrer Exfrau äußerst amüsant. Dieser Perspektivwechsel, dieselben Szenen, dieselbe Beziehung, aus einem völlig anderen Blickwinkel! Faszinierend. Ich hatte das Gefühl, Sie von einer ganz neuen Seite kennenzulernen. Vielleicht ist die Konzentration auf die Weltsicht des Analysanden doch der Schwachpunkt der Psychoanalyse …

Detektiv: Sind Sie danach mit ihr ins Bett gegangen?

Klient: Na, endlich kommen Sie zum Punkt, Karl! Jetzt brechen die archaischen Anteile bei Ihnen durch. Der Albtraum des Männchens in der Urhorde: Das Weibchen wird von einem Nebenbuhler befruchtet. Sie wirken plötzlich so nachdenklich. Was geht Ihnen durch den Kopf?

Detektiv: Ich weiß nicht. Sie waren bei allen unseren Treffen in den letzten Wochen immer überpünktlich, eher zu früh als zu spät. Und ausgerechnet an dem Tag, an dem ich um 10:00 Uhr vormittags vor Gericht mein privates Waterloo erlebe, tauchen Sie nicht wie vereinbart um 12:00 Uhr in meiner Detektei auf, sondern über eine Stunde später. Blendend gelaunt, fast euphorisch. Und wenn mich nicht alles täuscht – mit einer leichten Alkoholfahne.

Klient: Ja, vielleicht ist zum gleichen Zeitpunkt in China noch ein Sack mit Reis umgefallen. Worauf in aller Welt wollen Sie hinaus?

Detektiv: SIE HABEN SICH EBEN MIT IHR GETROFFEN! Sie haben mit ihr auf ihren Triumph angestoßen.

Klient: Und wenn? Warum sehen Sie die Sache nicht mal aus der sportlichen Perspektive, Karl? Warum versuchen Sie nicht, mich als Maulwurf in der Kommandozentrale des Feindes nutzen? Warum machen Sie aus mir keinen Doppelagenten in Ihrem Rosenkrieg? Haben Sie das in Gedanken nicht längst getan? Ist das nicht die einzig plausible Erklärung dafür, dass Sie mich nicht längst hochkant aus Ihrem Büro rausgeschmissen haben?

3

Klient: Lassen Sie mich raten, Karl: Von Welders haben Sie immer noch keine Spur, aber Sie haben wieder wahnsinnig wichtige Meldungen von irgendwelchen unwichtigen Nebenkriegsschauplätzen, die Sie mir unbedingt mitteilen müssen.

Detektiv: Wie man's nimmt. Ich habe einige interessante Details von der Familie der Spenderin.

Klient: Halleluja. Ich wusste es. Gott, bin ich froh, dass ich mit Ihnen eine Pauschale ausgehandelt habe.

Detektiv: Ihr Vater ist ein Fachkollege von Ihnen, ein Psychoanalytiker. Ein verrückter Zufall, finden Sie nicht?

Klient: Ja, natürlich ein Zufall. Sollte ich vergessen haben, es zu erwähnen? Ich bin nicht der Einzige mit diesem Beruf.

Detektiv: Jetzt tun Sie nicht so, als wären Analytiker so verbreitet wie Sanitärinstallateure. Er ist übrigens weit weniger geheimniskrämerisch als Sie. Hat sogar einen Eintrag im Telefonbuch mit seiner Praxis. Und einen kleinen Webauftritt!

Klient: Ja, die Menschen sind verschieden. Vielleicht muss er werben für seine Dienstleistung. Ich habe das eben nicht nötig.

Detektiv: Wenn man in seiner Praxis anruft, hört man nur die Ansage seines Anrufbeantworters. Eine Frauenstimme.

Klient: Eine Frauenstimme? Vielleicht hat er eine Sprechstundenhilfe! Wir sollten sofort die Polizei rufen!

Detektiv: Laut Ansage – und einem Hinweis auf seiner Webseite – muss seine Praxis wegen unerwarteter gesundheitlicher Probleme vom 4. April an auf unbestimmte Zeit geschlossen bleiben. Das war genau ein Tag vor unserem ersten Treffen. Eine merkwürdige Koinzidenz, finden Sie nicht?

Klient: Oh Karl! Wie geht das jetzt weiter? Fragen Sie mich gleich nach meinem Sternzeichen? Lesen Sie mir aus der Hand?

Detektiv: Ich rede nur über Fakten. Und versuche, eins und eins zusammenzuzählen. Und noch etwas: Ich habe stichhaltige Hinweise darauf, dass die Familie dieses Analytikers jüdische Wurzeln hat.

Klient: Sie bluffen.

Detektiv: Tue ich nicht.

Klient: Schluss jetzt, Karl. Sie haben den Bogen überspannt. Bitte hören Sie auf. Das ist wirklich übelste Kolportage. Natürlich, Juden sind entweder Kredithaie oder Psychoanalytiker. Ich bitte Sie. Sie bedienen hier wirklich die billigsten antisemitischen Klischees. Das ist das Niveau von Welders. Bauen Sie diesen Mist in Ihren nächsten Roman ein, aber lassen Sie uns wieder zur Sache kommen. Warum grinsen Sie so dämlich?

Detektiv: Ich glaube, Sie haben recht, Jacques. Ich habe tatsächlich viel zu viel Fantasie. Es ist eine völlig verrückte Idee.

Klient: Also bitte, reden Sie sich Ihre Theorie jetzt und hier von der Seele, vielleicht können wir dann endlich wieder zur Sache kommen.

Detektiv: Also gut: Nehmen wir mal an, die verstorbene Organspenderin ist tatsächlich Tochter jüdischer Eltern. Und nehmen wir weiter an, der Vater der Spenderin erfährt durch irgendeinen noch zu rekonstruierenden Zufall von der Identität und der braunen Gesinnung des Mannes, der mit dem Herzen seiner Tochter weiterlebt. Stellen Sie sich das vor, das Herz seiner Tochter hilft einem Neonazi nicht nur weiterzuleben, sondern auch, weiter für seine antisemitische Gesinnung zu werben! Eine unerträgliche Situation.

Klient: Nun, was diesen zu rekonstruierenden Zufall angeht, da sehe ich bei Ihren kreativen Fähigkeiten keine Probleme. Ich gebe zu, großes Melodram, ein filmreifer Stoff. Wie geht die Geschichte weiter?

Detektiv: Nun, dieser Münchner Analytiker ist seelisch völlig zerrüttet, verliert komplett sein inneres Gleichgewicht. Er beschließt, Welders umzubringen.

Klient: Die Placebos!

Detektiv: Genau! Er kommt irgendwie an Welders' Medikamentenliste, besorgt die Placebos, dringt – wie ich – in dessen Wohnung ein, tauscht die Schachteln aus. Aber dann passiert etwas Unerwartetes. Welders verschwindet, zu irgendeinem Wehrsporttreffen in der nordfranzösischen Provinz. Mitsamt den Placebos. Unser Analytiker ist verzweifelt. Er muss Welders unbedingt finden.

Klient: Warum? Soll er doch in den alten Schützengräben von Verdun sterben! Ist das nicht genau das Ziel des trauernden und rachsüchtigen Vaters?

Detektiv: Vielleicht reicht es ihm nicht, zu wissen, dass Welders elend zugrunde geht. Er will es mit eigenen Augen sehen. Oder er hat plötzlich Skrupel bekommen und will Welders vor dem sicheren Tod retten, weil mit Welders ja auch das Herz seiner Tochter endgültig stirbt.

Oder er hat plötzlich Angst, die ganze Sache könnte auffliegen! Suchen Sie sich einfach etwas aus.

Klient: Oh, mir schwant nichts Gutes. Ich fürchte, jetzt komme ich ins Spiel.

Detektiv: Sie sind längst im Spiel, Jacques. Denn was läge für diesen verzweifelten und wütenden Vater näher, als einen Privatdetektiv mit der Suche nach Welders zu beauftragen? Und was läge als Legitimation und Hintergrundgeschichte für den Auftrag näher als exakt die Story, die Sie mir hier vor zwei Wochen auf den Tisch gelegt haben? Denn mit Ihrer wahrheitsgetreuen Selbstdarstellung als Analytiker brauchten Sie kein allzu großes Lügengebäude errichten und wirkten sehr überzeugend.

Klient: Da fehlt noch etwas, Karl. Ein entscheidendes Detail, das Ihren Plot richtig rund macht.

Detektiv: Und das wäre?

Klient: Der gefälschte Brief von ›InterTransplant‹. Der Sachbearbeiter von der Arbeitsagentur als Fälscher – das passt nicht. Dieser Brief muss vom Vater der Organspenderin kommen, so wird ein Schuh draus! Dieser Vater will Welders nicht nur umbringen, er will ihm seine letzten Tage zur Hölle auf Erden machen.

Detektiv: Sie haben völlig recht, absolut schlüssig Ihr Gedanke.

Klient: Tja, wäre da nur nicht dieses Geständnis des Sachbearbeiters. Das ja genau genommen kein vollständiges Geständnis war, denn Ihre Aufnahme brach ja an der interessantesten Stelle ab.

Detektiv: Hm.

Klient: Ich glaube, ich habe eine Idee, Karl.

Detektiv: Legen Sie los, Jacques!

Klient: Nehmen wir mal an, der Detektiv, also Sie, hat diese Aufzeichnung des Gesprächs mit dem Mann von der Arbeitsagentur inszeniert. Gefälscht. So wie der Vater der Spenderin den Brief von ›InterTransplant‹. Oder noch besser: Der Sachbearbeiter hat dem Detektiv tatsächlich ein für Welders kompromittierendes Schreiben vorgelegt, es hatte nur absolut nichts mit der Transplantation zu tun. Also entschloss sich der Detektiv nach dem Gespräch, die Aufnahme an der Schlüsselstelle zu löschen und das Geständnis des Sachbearbeiters einfach zu behaupten.

Detektiv: Warum um Himmels willen sollte ich – ich meine, der Detektiv – das tun?

Klient: Um die Reaktion seines Klienten zu testen. Weil der Detektiv den Klienten als Verfasser des Briefes in Verdacht hat. Erinnern Sie sich, was ich zu Ihnen sagte, als Sie vom Tod Ihrer Eltern erzählten? Sie würden so lauernd dreinschauen, als würden Sie meine Reaktion beobachten. Die Reaktion eines Menschen, der möglicherweise gerade erst einen Angehörigen verloren hat.

Detektiv: Hm. Stimmig. Absolut logisch.

Klient: Puh, mir ist schon ganz schwindlig vom Fabulieren. Ich könnte jetzt wirklich einen Drink vertragen. Danke! Ah, das tut gut. Sie haben einen schlechten Einfluss auf mich, Karl. Wenn das so weitergeht, werde ich mir noch das Rauchen angewöhnen!

4

Klient: WAS UM HIMMELS WILLEN ...?! Wer hat das getan, Karl? Sie müssen sofort ins Krankenhaus!

Detektiv: Ausgeschlossen. Die erwarten Erklärungen im Krankenhaus. Sagten Sie nicht, Sie wären Mediziner?

Klient: Aber doch kein Unfallchirurg! Außerdem bin ich völlig aus der Übung! Der Schnitt an Ihrer Augenbraue, das muss unbedingt genäht werden. Lassen Sie mal testen, ob Ihr Nasenbein gebrochen ist ...

Detektiv: AAHHHH!!

Klient: Nein, das fühlt sich gut an. Machen Sie den Oberkörper frei, ich muss checken, ob Sie sich eine Rippenfraktur zugezogen haben.

Detektiv: Nur wenn Sie versprechen, meine Hilflosigkeit nicht sexuell auszunutzen.

Klient: Lassen Sie mal sehen – nein, nicht meine Körbchengröße. Ich bevorzuge etwas kleinere Busen. Tut es weh, wenn ich hier drücke?

Detektiv: SCHEISSE, JA!

Klient: Hier auch?

Detektiv: ARRGH!

Klient :   Und hier?

Detektiv: OOHHHH! Geben Sie zu, Sie genießen das, Jacques. Es gefällt Ihnen, dass ich Ihnen so ausgeliefert bin.

Klient: Bleiben Sie auf dem Teppich. Im Moment sind Sie für mich nichts weiter als ein behandlungsbedürftiger Patient. Haben Sie auch Tritte in die Genitalien bekommen? Vielleicht sollte ich zur Sicherheit einen Blick ...?

Detektiv: *Denken* Sie nicht mal dran, Jacques.

Klient.   Wie Sie meinen. Sie haben Glück, Ihre Rippen scheinen intakt zu sein. Ihre Lidreflexe sind okay, keine Übelkeit, keine Bewusstseinsstörungen, wahrscheinlich keine Gehirnerschütterung. Aber Sie haben großflächige Hämatome am ganzen Körper. Ich mache Ihnen ein Angebot: Sie bleiben hier sitzen und hören endlich auf, Whisky zu trinken. Und ich renne schnell runter, besorge in einer Apotheke ein paar Utensilien und repariere Ihr Gesicht notdürftig. Und dann holen wir die Polizei. Die Kerle, die das angerichtet haben, gehören hinter Gitter.

           (...)

Detektiv: Was geben Sie mir da für eine Spritze?

Klient: Ein Gerinnungshemmer gegen Embolien. Wegen den Blutergüssen. Ich lasse Ihnen zehn Injektionsampullen hier, Sie müssen sich eine pro Tag in die Bauchdecke spritzen. Warum rufen Sie nicht wenigstens Ihre alten Freunde aus dem Präsidium an, damit die sich mal diskret nach dieser Schlägertruppe umschauen?

Detektiv: Als Kommissar im Vorruhestand eine Detektei aufmachen, um dann gleich bei den alten Kollegen um Rückendeckung zu ersuchen? Es gibt angenehmere Arten, sich lächerlich zu machen. Ich frage mich, wie die mir auf die Spur gekommen sind.

Klient: So, jetzt kümmern wir uns um Ihre Augenbraue. Erst schön desinfizieren, und dann spritze ich Ihnen ein kleines Lokalanästhetikum, bevor ich Nadel und Faden ansetze ...

Detektiv: Nadel und Faden? Sie haben unten in der Apotheke dieses chirurgische Zeug bekommen?

Klient: Ich war noch schnell in der Drogerie gegenüber. Eine ganz normale Nähnadel und etwas Zahnseide tun es auch. Ist alles schön steril, Sie brauchen sich keine Sorgen zu machen.

Detektiv: Lassen Sie das mit der Betäubung, schenken Sie mir einfach noch einen Whisky ein.

Klient: Ah, die gute alte Cowboynummer. Wenn Sie unbedingt meinen. Soll ich Ihnen eine Patronenhülse besorgen, auf die Sie beißen können? Ich könnte auch eine Messerklinge erhitzen und die Wunde einfach ausbrennen! So, jetzt schön ruhig halten ...

Detektiv: AAAAHH! SCHEISSE! Was zum Teufel machen Sie da?

Klient: Eine klassische Einzelknopfnaht, mehr habe ich leider nicht mehr drauf. Ist schon ein paar Jahre her, mein Medizinstudium. Und wenn Sie weiter so zucken, brauchen Sie sich an Halloween nicht zu verkleiden.

Detektiv: Los, machen Sie schon weiter, ich will es hinter mir haben.

Klient: Jetzt erzählen Sie schon, Karl. Das lenkt Sie ab.

Detektiv: Was?

Klient: Na, was wohl? Wollen Sie mir weismachen, Sie wären beim Sahneschlagen in den Mixer gestürzt? Wer hat Ihnen diese Blessuren verpasst?

Detektiv: Zwei von Welders' Spießgesellen. Die haben mir unten in der Tiefgarage aufgelauert.

Klient: Um Himmels willen! Sind Sie sicher? Was wollten die von Ihnen? Wie sind die überhaupt auf Sie aufmerksam geworden?

Detektiv: Gute Frage. Sehr gute Frage.

Klient: Sie müssen bei der Recherche unvorsichtig gewesen sein.

Detektiv: Unvorsichtig? Haben Sie mir neulich nicht selbst empfohlen, diese Truppe zu infiltrieren?

Klient: Aber inkognito! Also, haben die beiden etwas über Welders verraten?

Detektiv: Nur so viel: Wenn ich weiter hinter ihm herschnüffle, kommen sie noch mal vorbei, um mir nach der Vorspeise den Hauptgang zu servieren.

Klient: Seine Mutter. Es war sicher seine Mutter. Sie hat Welders von Ihrem Besuch bei ihr erzählt, und irgendwie hat er herausgefunden, dass Sie kein Ausstiegsberater sind, sondern ein Privatdetektiv.

Detektiv: Schon möglich, aber unwahrscheinlich. Ich habe das Gefühl, denen hat jemand was gesteckt. Jemand, dem ich auf den Schlips getreten bin und der mir jetzt einen Denkzettel verpassen will.

Klient: Wie auch immer, Karl. Die Sache läuft uns aus dem Ruder. Ich entbinde Sie hiermit von Ihrem Auftrag und werde gleich die Polizei informieren …

Detektiv: Niemand wird entbunden, keiner informiert die Polizei. Wir haben einen Deal, und ich werde meinen Teil der Vereinbarung erfüllen. Ich werde Ihnen Welders servieren. Sind Sie endlich fertig?

Klient: Einen Moment, ein kleiner Knoten noch – so, das hätten wir. Hmm, ein wenig sehen Sie jetzt aus wie Frankensteins Monster. Aber mehr können Sie nach zwanzig Jahren Auszeit nicht von mir erwarten.

Detektiv: Trotzdem danke. Seltsam, Jacques. Sie scheinen sich überhaupt keine Sorgen darum zu machen, selbst einen Besuch von Welders' Spießgesellen zu bekommen. Sie sind schließlich mein Auftraggeber, gehen hier ein und aus. Die haben Sie vielleicht längst beobachtet und könnten Ihnen direkt vor der Detektei auflauern!

Klient: Karl, Sie verstehen es wirklich, jemandem Angst zu machen. Ein Grund mehr, die ganze Sache hier und jetzt an die Profis zu übergeben. Wissen diese Kerle denn von mir? Ich meine, haben Sie denen verraten, wer Ihnen den Auftrag …?

Detektiv: Ich *bin* Profi. Und keine Panik, ich habe der Folter standgehalten. Habe schon ganz andere Geschichten durchgestanden. Und Sie? Sie wirken fast erleichtert über diesen Vorfall! Als hätten Sie nach einem willkommenen Anlass gesucht, die Suche nach Welders abzublasen.

Klient: Ich gebe zu: Spätestens seit Ihrer Theorie mit diesem rachsüchtigen Vater der Spenderin wurde mir etwas mulmig.

Detektiv: Sagten Sie nicht am Ende unseres ersten Treffens, Sie würden etwas ›Drama‹ mögen?

Klient: Ja, aber vor dem Fernsehgerät, mit einer Tüte Chips in der Hand!

Detektiv: Sie haben mir eine Frage immer noch nicht beantwortet, Jacques. Waren Sie schon im Bett mit meiner Frau?

Klient: Was um Himmels willen ist das jetzt für ein Themenwechsel? Fangen Sie an zu halluzinieren, Karl? Wahrscheinlich haben Sie doch eine Gehirnerschütterung!

Detektiv: Sagen Sie schon: Waren Sie mit ihr im Bett?

Klient: Diese Frage ist mir etwas zu intim, ich möchte hier zu meinem Privatleben keine Auskunft geben.

Detektiv: Machen Sie Witze? Sie baggern meine Ex an und erzählen mir was von Privatleben?

Klient: Eben. Ihre *Ex*. Das Privatleben Ihrer Exfrau ist nicht mehr Ihr Privatleben.

Detektiv: Na gut, Jacques. Dann interessiert Sie sicher auch nicht, wie man sie am besten rumkriegt und richtig auf Touren bringt.

Klient: Bitte, Sie sind der Patient, Karl. Wenn es Ihnen guttut, wenn es Sie von Ihren Schmerzen ablenkt, dann sprechen Sie sich aus und erzählen Sie es mir.

Detektiv: Gott, was sind Sie doch für ein mieser Heuchler, Jacques. Der abgeklärte, vernünftige Analytiker, der intellektuell überlegene Beobachter, der immer über den Dingen steht. Kommen Sie, Sie sind richtig *heiß* drauf, es zu erfahren. Na gut, ich erzähl's Ihnen trotzdem, damit Sie auf der Matratze nicht endlos an ihr herumwursteln wie ich damals beim ersten Rendezvous mit ihr. Sie steht auf *Dirty Talk*.

Klient: Auf WAS?

Detektiv: Dirty Talk – Sie müssen Ihr schmutzige Sachen ins Ohr flüstern, dann wird sie schneller feucht als ein Pudel im Starkregen.

Klient: Oh Karl. Sie bewegen sich jetzt weit unter Ihrem Niveau.

Detektiv: Wollen Sie Niveau oder wollen Sie poppen, Jacques? Entscheiden Sie sich. Nach der ersten Verbalattacke wird Sie sich ein wenig zieren, so tun, als wäre sie entrüstet wegen Ihren Unverschämtheiten. Dann ist es wichtig, am Ball zu bleiben, keinen Rückzieher zu machen, Kohlen nachzulegen, je heißer, umso besser. Sie wissen doch – halb zog er sie, halb sank sie hin. Frauen wollen Sex, aber sie wollen dabei unschuldig bleiben. Was amüsiert Sie so, Jacques? Gefällt Ihnen meine kleine Nachhilfestunde in Sachen aufreißen?

Klient: Sind Sie fertig, Karl?

Detektiv: Na, hören Sie mal. Ein kleines Dankeschön wäre durchaus angebracht! Schließlich habe ich Ihnen gerade den perfekten Dosenöffner für meine Frau geschenkt.

Klient: *Ex*frau. Sie sind wirklich ein paar Jahrzehnte zu spät auf die Welt gekommen, Karl. Kein Wunder, dass Sie so ein Faible für vergangene Zeiten haben. Übrigens: Sie sagten bei unserem ersten Gespräch, Sie seien ein Fan dieser alten Detektivgeschichten aus der Schwarzen Serie, erinnern Sie sich? Mich hat das neugierig gemacht. Ich habe mir ein paar DVDs besorgt, unter anderem ›Tote schlafen fest‹ mit Humphrey Bogart und Lauren Bacall …

Detektiv: Jaja, ich weiß, worauf Sie hinauswollen. Sie brauchen gar nicht weiterzuerzählen, Jacques. General Sternwood engagiert Marlowe wegen seiner verschwundenen Tochter, Marlowe taucht tief in die finsteren Machenschaften des Gangsterbosses Eddie Mars ein, der ihm ein paar Schläger vorbeischickt. Nette Übereinstimmung, bis auf einen kleinen Fehler: *Sie* haben mich doch nicht wegen Ihrer Tochter engagiert, oder?

5

Detektiv: Hallo, Jacques, warum sind Sie so außer Atem? Kommen Sie erst mal rein und ruhen sich aus.

Klient: Danke. Der Aufzug ist kaputt, wussten Sie das nicht? Ihr Anruf kam mir gerade recht, ich wollte sowieso bei Ihnen vorbeischauen. Was ist mit Ihren Verletzungen, haben Sie noch Schmerzen? Ist Ihnen schwindelig oder übel?

Detektiv: Was? Ach, die paar Kratzer – längst vergessen. Setzen Sie sich, Jacques.

Klient: Das lohnt sich nicht, ich bin nur hier, um Ihnen Ihr ...

Detektiv: Langsam, langsam, Jacques! Nehmen Sie bitte Platz. Bevor wir gleich wieder über die dröge Arbeit reden, muss ich Ihnen unbedingt einen Abschnitt aus meinem Manuskript vorlesen und Ihre Meinung ...

Klient: STOPP! Haben Sie mich *deswegen* angerufen? Ich bin nicht hier, um mit Ihnen über Ihr Manuskript zu reden. Ich bin nicht Ihr Lektor. Ich wollte einfach nur ...

Detektiv: Bitte, Jacques! Gönnen Sie mir das Vergnügen. Ich lege viel Wert auf Ihr Urteil.

Klient: Diese Dienstleistung ziehe ich Ihnen vom Honorar ab. Also schön, legen Sie los. Aber machen Sie es kurz.

Detektiv: Prima, danke!

Die Landgraf Georg, eine zwanzig Fuß lange, morsche Schaluppe aus der kleinen Flotte des letzten Woogfischers, schaukelte sanft in der leichten Dünung. Sie waren vom Westufer des Großen Woog ein halbe Stunde lang mit rund acht Knoten Richtung Osten gefahren und hatten jetzt ungefähr die Stelle erreicht, an der der Killerkarpfen zum letzten Mal zugeschlagen hatte. (...)

Klient: Wenn ich Sie kurz unterbrechen darf, Karl: Dieser Große Woog, der hat doch höchstens einen Durchmesser von 200 Meter oder so, stimmt's?

Detektiv: Na und?

Klient: Wenn man da vom Westufer losfährt und eine halbe Stunde Richtung Osten fährt, ist man dann nicht längst in Roßdorf oder Dieburg?

Detektiv: Sie können ja ein richtig kleinkarierter Korinthenkacker sein, Jacques. Noch nie was von Fiktionalisierung und Dramatisierung gehört? Außerdem: Wie viele der Millionen Leser, die ich weltweit erreichen werde, kennen diesen Tümpel aus eigener Anschauung?

Klient: Geschenkt. Lesen Sie weiter.

Detektiv: *Vince Stark spießte den Köder auf den Haken, holte weit aus und warf die Leine Richtung Backbord aus. Er riskierte einen Blick zum Steuerstand. Olivia Spirelli winkte ihm zu und wartete auf weitere Anweisungen. Sie sah unglaublich sexy aus mit dem türkisfarbenen Bikini auf ihrer braun gebrannten Haut. Er würde sie in die Bockshaut zum Essen einladen, wenn alles vorbei war. Wenn sie die Killerbestie erledigt hatten und dieser Earl Grey hinter Schloss und Riegel saß. In diesem Moment brach der mächtige Kopf der Killerbestie durch die Wasseroberfläche ...*

Klient: ›You're gonna need a bigger boat.‹

Detektiv: Wie bitte? Ich verstehe nicht, Jacques. Warum unterbrechen Sie mich schon wieder?

Klient: Vince Stark sollte an dieser Stelle den Satz ›Wir brauchen ein größeres Boot‹ sagen. Erinnern Sie sich nicht an die Szene im Weißen Hai, als Chief Brody zum ersten Mal das riesige Vieh sieht?

Detektiv: Ich muss schon sagen, Sie sind immer für eine Überraschung gut. Ich dachte, Psychologen würden sich nur ARTE-Themen-abende anschauen, Deutschlandfunk hören und Cicero lesen.

Klient: Ich bin Psychoanalytiker. Und das mit dem Kulturprogramm erzählen wir gerne den Leuten. Hinter den Gardinen geben wir uns mit knallharten Actionstreifen hemmungslos unseren Omnipotenzfantasien hin. Los, lesen Sie weiter.

Detektiv: Na ja, offen gesagt ist das Kapitel hier zu Ende. Ein klassischer Cliffhanger.

Klient: Das kann nicht Ihr Ernst sein. Sie rufen mich an, sagen mir, ich müsste unbedingt kommen, um mir diese paar Zeilen vorzulesen?

Detektiv: Ich gebe zu, ich wollte Sie einfach wieder-sehen! Ich habe Schmerzen, wenn ich mich bewege. Und wenn ich hier herumsitze, fällt mir die Decke auf den Kopf. Mir war langwei-lig, und ich finde die Treffen mit Ihnen recht unterhaltsam. Ich dachte, Ihnen geht es viel-leicht genauso.

Klient: Ich sehe schon, wir stehen am Anfang einer großen Romanze. Gleichwohl bin ich über-zeugt davon, dass Sie mich nur sehen wol-len, weil ich die letzte direkte Verbindung zu Ihrer Exfrau darstelle! Jetzt schenken Sie mir schon einen ein, wo ich schon mal hier bin.

Ich habe mir übrigens auch eine Geschichte
ausgedacht.

Detektiv: Ach!? Lassen Sie hören!

Klient: Erinnern Sie sich an Ihre spekulative Posse
über diesen jüdischen Psychoanalytiker aus
München? Dessen Tochter unfreiwillig mit
ihrem Herz einem Antisemiten das Leben
rettet? Ihnen fehlte noch ein wichtiger Bau-
stein der Geschichte. Eine plausible Erklärung
dafür, wie der Vater der Spenderin die Identität des Empfängers erfuhr.

Detektiv: Richtig. Und? Haben Sie eine Idee?

Klient: Was wäre, wenn er an den Namen dieses Mannes gekommen wäre wie die Jungfrau zum
Kind? Wenn er nie nach ihm gesucht oder
gefragt hätte, und ihn trotzdem einfach so
per Post erhalten hätte?

Detektiv: Klingt ziemlich unwahrscheinlich …

Klient: Sie sind doch Autor, Karl. Sie wissen besser als ich, wie gute Storys funktionieren.
Einen unwahrscheinlichen Zufall braucht
jede Geschichte, um ins Rollen zu kommen.
Niemals zwei oder mehr, kein Zuschauer
oder Leser würde das schlucken. Aber einer
als Initialzündung funktioniert. Und der
Zufall in unserer kleinen Geschichte hat sei-

nen Ursprung tief in der voll automatisierten Datenverwaltung von ›InterTransplant‹. Tief unten in den Kellergeschossen, wo in klimatisierten Räumen auf großen, summenden Computerservern die Daten Millionen potenzieller Organspender und -empfänger gespeichert, Korrespondenzen archiviert, Adressen verwaltet werden. Ein nahezu perfekt arbeitendes System, mit einer Fehlerquote von unter eins zu einer Milliarde. Aber er tritt auf, der Fehler. Vielleicht ist es eine falsch programmierte Softwarezeile, vielleicht menschliches Versagen eines IT-Administrators – ganz egal. Das Ergebnis der Fehlfunktion ist ein vollautomatisch generiertes Standardschreiben an einen Organempfänger, ein abschlägiger Bescheid auf eine Anfrage bezüglich der Identität eines Spenders. Welders' Anfrage. Eine Routineaufgabe für die Verwaltung des Institutes, die täglich dutzendfach abgewickelt wird. Nur diesmal geht etwas schief. Ein einziges Mal. Dieser Brief, adressiert an den Organempfänger, steckt im Postausgang in einem maschinell adressierten Umschlag – adressiert *an die tote Spenderin*. Der Vater der Spenderin, mein Berufskollege, ist völlig außer sich, ruft bei ›InterTransplant‹ an, wird schließlich zu einer Mitarbeiterin durchgestellt, die an Ihrem Bildschirm die Ursache des Missgeschicks rekonstruieren kann. Sie entschuldigt sich tausendmal bei dem unglücklichen Mann, aber sie ist noch relativ neu in ihrem Job und sehr aufgeregt. Und anstatt diplomatisch und professionell zu reagieren, ihm zu erzählen, der eigentliche Empfänger des Briefes habe mit der Organspende seiner Tochter überhaupt nichts zu tun, verrät sie im Gespräch unfreiwillig und implizit, dass Welders tatsächlich der Empfänger *ist*.

Detektiv: Das ist gut. Sehr gut. Viel zu gut für ein Fantasieprodukt. Andererseits: Wenn diese Geschichte wahr wäre, würden Sie sie mir niemals verraten. Oder erzählen Sie sie mir, gerade *weil* ich sie dann unmöglich für wahr halten kann?

Klient: Immer langsam, Karl. Sie haben ja gleich einen Knoten im Großhirn. Warum starren Sie mich plötzlich so an?

Detektiv: Sie halten heute Ihren Kopf so seltsam schief, ich kann immer nur Ihre rechte Gesichtshälfte sehen.

Klient: Da ist nichts, nur ein verspannter Nacken. Jetzt bleiben Sie doch sitzen, es gibt da nichts zu sehen.

Detektiv: Hm. Ihre linke Wange ist gerötet und etwas angeschwollen. Haben Sie Zahnschmerzen, Jacques?

Klient: Wie ich schon sagte, nur eine kleine …

Detektiv: Moooment, so leicht kommen Sie mir nicht davon. Nein, das sieht mir nicht nach einer Wurzelentzündung oder einer Verspannung aus. Mehr nach einer saftigen Ohrfeige. Meine Frau hat Ihnen eine gescheuert!

Klient: *Ex*frau. Jetzt hören Sie doch auf, ich kann Ihre kindischen Spekulationen nicht mehr hören.

Detektiv: Sie haben meine kleine Gebrauchsanleitung ausprobiert, habe ich recht? Sie konnten es gar nicht abwarten! Oh, ich sehe genau vor mir, wie Ihr erstes intimes Rendezvous mit ihr gelaufen ist. Zuerst ein exklusives Candle-Light-Dinner, wahrscheinlich im Orangeriegarten in Bessungen oder im Jagdschloss Kranichstein. Sie muss von Ihnen hingerissen gewesen sein, verkörpern Sie doch alles, was sie an mir vermisste – Bildung, Stil, Intellekt, Eloquenz. Danach sind sie beide zu ihr oder zu Ihnen gefahren, haben endlos weitergeplaudert, über Kultur, Theater, Musik, Psychoanalyse – aber irgendwie haben Sie den Dreh nicht gekriegt. Diese ganze abgehobene, kultivierte Laberei stand wie Beton zwischen Ihnen und dem ordinären, bodenständigen Fick, nach dem Sie sich doch so sehnten. Und da haben Sie sich an meinen Rat erinnert und angefangen, ihr ein paar Sauereien ins Ohr zu flüstern …

Klient: Genug jetzt, lassen Sie uns bitte endlich wieder über den Fall reden!

Detektiv: Sagen Sie, wie klingt das, wenn ein Psychoanalytiker sich an Dirty Talk versucht? Hey, Schätzchen, ich will dich mit meinem Phallus penetrieren? Oder: Honey, wir beide spielen jetzt Urszene, bis mein Ödipus pfeift. Egal, jedenfalls hat sie protestiert, und Sie haben sich exakt an meine Anweisungen gehalten und deftig nachgelegt. Dann hat's geknallt und Sie waren allein mit Ihrem Ständer, stimmt's? Leugnen ist zwecklos!

Klient: Wenn ich jetzt zugebe, dass es so ungefähr gelaufen ist, können wir das Thema dann bitte abhaken?

Detektiv: Klar. Sie sind der Kunde. Der Kunde ist König.

Klient: Gut. Dann kann ich endlich zum eigentlichen Zweck meines Besuches kommen. Hier, das ist für Sie.

Detektiv: Was soll ich mit dem Umschlag?

Klient: Ihr Honorar. Die volle Summe selbstverständlich. Zuzüglich einem kleinen Bonus, Schmerzensgeld sozusagen. Ihr Auftrag ist abgeschlossen, erledigt.

Detektiv: Und Welders?

Klient: Hat sich gestern wieder bei mir gemeldet. Es geht ihm gut, er nimmt regelmäßig seine Medikamente und will die Analyse bei mir fortsetzen. Für Sie ist also nichts mehr zu tun.

Detektiv: Seine Medikamente? Sie meinen die Placebos!

Klient: Ein Hirngespinst von Ihnen. Die Präparate sind völlig in Ordnung.

Detektiv: Sie lügen.

Klient: Ob Sie mir glauben oder nicht, ist unwichtig. Wir hatten eine Vereinbarung, ich habe meinen Teil erfüllt und benötige Ihre Dienstleistung nicht mehr. Ich war sehr zufrieden, werde Sie weiterempfehlen!

Detektiv: Hm. Sie haben recht. Sie haben Ihren Teil der Vereinbarung erfüllt. Aber ich meinen noch nicht.

Klient: Was soll der Unsinn? Die Sache ist erledigt. Wir gehen getrennte Wege.

Detektiv: Das sehe ich anders. Mein Job ist es, Welders ausfindig zu machen. Dabei kann ich mich nicht auf irgendwelche Behauptungen verlassen. Ich muss ihn mit eigenen Augen sehen.

Klient: Irgendwelche Behauptungen? Jetzt hören Sie aber auf, ich bin Ihr Auftraggeber! Sie sind raus, kapieren Sie das endlich! Und hören Sie auf, mir diesen verdammten Rauch ins Gesicht zu blasen, wir sind hier nicht in einem Ihrer Humphrey-Bogart-Streifen!

Detektiv: Zeigen Sie ihn mir, Jacques. Dann glaube ich Ihnen.

Klient: Wie stellen Sie sich das vor? Er ist mein Analysand. Ich kann ihn nicht einfach irgendeinem Dritten vorstellen. Eine Psychoanalyse setzt absolute Vertraulichkeit voraus.

Detektiv: Gut, dann werde ich weiter nach ihm suchen. Ich melde mich bei Ihnen, wenn ich ihn gefunden habe. Und nehmen Sie den Umschlag wieder mit. Vorkasse war nicht vereinbart.

Klient: Sie sind tatsächlich ein unverbesserlicher Betonkopf.

Detektiv: Was heißt ›tatsächlich‹? Haben Sie das Thema schon mit meiner Frau erörtert?

Klient: Ihrer *Ex*frau. Warum können Sie mir nicht einfach glauben, Karl?

Detektiv: Wegen diesem Umschlag. Sie haben doch schon bei unserem ersten Treffen unter Beweis gestellt, dass Sie unternehmerisch denken.

Wenn Welders tatsächlich bei Ihnen aufge-
kreuzt wäre, würden Sie mir niemals mein
Honorar auszahlen. Cash nur bei Erfolg,
so hatten wir es vereinbart. Sie aber schieben mir ohne Not über viertausend Euro
über den Tisch. Warum? Weil Sie mich raus-
haben wollen aus der Sache. Weil ich Ihnen
Ihre Geschichte nicht abkaufe. Weil ich etwas
über die Organspenderin herausgefunden
habe, was ich nicht wissen sollte. Das hier ist
Schweigegeld.

Klient: Glauben Sie, was Sie wollen, Karl. Nehmen
Sie das Geld, kaufen Sie sich eine Kiste Glenfiddich und schauen Sie sich Humphrey-Bogart-Streifen an – aber halten Sie sich raus!
Sonst kann ich für nichts garantieren …

Detektiv: Sie drohen mir? Wollen Sie mir wieder Welders' Spießgesellen auf den Hals schicken?

Klient: Damit hatte ich nichts zu tun.

Detektiv: Wie auch immer. Sie müssen jetzt gehen, ich
erwarte jemanden.
Klient: Einen Klienten?

Detektiv: Ja, einen Klienten. Überrascht Sie das? Dachten Sie, ich würde mich den lieben langen Tag
nur um Ihren Fall kümmern? Fahren Sie bitte
mit dem Aufzug runter, ich möchte nicht, dass
Sie sich begegnen.

Klient: Der Aufzug ist defekt.

Detektiv: Dann nehmen Sie bitte die Treppe im Südflügel.

Klient: Warum die Geheimniskrämerei?

Detektiv: Haben Sie mir nicht eben etwas über Vertrauensverhältnisse erzählt? Geben sich Ihre Patienten im Wartezimmer die Hand? Wenn unsere Berufe eine Gemeinsamkeit haben, dann ist es die Pflicht zur Diskretion. Also bitte.

Klient: Das ist ein Rauswurf!

Detektiv: Exakt.

6

Klient: Ich habe mich sehr über Ihre Einladung gefreut, Karl! Ich bin froh, dass Sie meine Stornierung des Auftrages doch noch akzeptiert haben. Ist doch schön, zum Abschied mal entspannt zusammenzusitzen, ohne diesen unangenehmen Fall im Hinterkopf. Sie wirken so aufgekratzt, Karl. Richtig ausgelassen. Haben Sie im Lotto gewonnen?

Detektiv: Viel besser! Setzen Sie sich, Jacques. Es gibt etwas zu feiern. Warten Sie, ich schenke uns erst mal einen feinen Bunnahabhain ein, frisch eingeflogen von den Inneren Hebriden. (...) So, Prost, Jacques! Sitzen Sie gut?

Klient: Spannen Sie mich nicht auf die Folter, erzählen Sie schon!

Detektiv: Diese Lektorin, die Sie mir empfohlen haben ...

Klient: Sie haben Sie schon kontaktiert?

Detektiv: Ich habe ein Vertragsangebot. Für mein neues Manuskript.

Klient: Sollten wir es nicht besser ›unser‹ Manuskript nennen?

Detektiv: Ich verspreche Ihnen, Sie in die Widmung mit aufzunehmen.

Klient: Vor oder nach Ihrer Exfrau?

Detektiv: Spaß beiseite. Ich habe die Dame angerufen, ihr am Telefon kurz den Plot meines Ökothrillers skizziert. Sie wirkte recht aufgeschlossen und interessiert, hat gleich ein Exposé und eine Leseprobe angefordert. Habe ich ihr natürlich sofort zugesendet. Und Sie glauben es nicht: Fünf Tage später hatte ich einen Entwurf für einen Vorvertrag im Posteingang.

Klient: Großartig. Karl, das *ist* ein Lottogewinn. Dieser Erfolg belegt eindeutig die Qualität Ihrer Arbeit. Ich freue mich für Sie. Und jetzt, da unser Fall ad acta liegt, haben Sie endlich Zeit und Muse, all Ihre Energie und Kreativität in Ihr Manuskript zu stecken.

Detektiv: Sie haben recht. Absolut recht.

Klient: Warum dann so nachdenklich? Sie sollten ausgelassen feiern!

Detektiv: Dieser Welders geht mir nicht aus dem Kopf. Warum werden Menschen Nazis, Jacques?

Klient: Oh Gott, ich hätte es wissen müssen. Dieser Fall scheint wie Heroin für Sie zu sein. Sie fra-

gen den Falschen. Ich bin kein Faschismus-
experte. Ich bin Analytiker.

Detektiv: Ich frage Sie trotzdem.

Klient: Na ja, es gibt verschiedene Erklärungsansätze.
Manche meinen, es fehle an glaubwürdiger
väterlicher Autorität in der Kindheit. Andere
sagen, es fehlen die Frauen als zivilisierender
Faktor. Und wieder andere sagen, es fehlen
Ausbildungs- und Arbeitsplätze. Und dann
gibt es noch die Biologen und Genetiker. Die
behaupten, es läge alles an der DNA. Fest ein-
programmiert, von Geburt an.

Detektiv: Und was sagen Sie?

Klient: Was ich meine? Nun, Menschen werden Nazis
aus den gleichen Gründen, aus denen sie reli-
giös werden. Sie suchen einfache Erklärungen
für komplizierte Dinge. Die ganze Moderne,
die ganze Aufklärung ist eine furchtbar
unübersichtliche und chaotische Angelegenheit. Ständig wird relativiert, gezweifelt, dis-
kutiert, lieb gewonnene Erkenntnisse wieder
infrage gestellt. Das ist deprimierend. Wie in
der Psychoanalyse – Sie machen eine Tür auf
und entdecken dahinter wieder drei verschlos-
sene Türen. Es gibt keine endgültigen Wahr-
heiten mehr. Das halten manche Menschen
nicht aus. Sie wollen die Welt einfach und
übersichtlich haben. Und ob Sie bei dieser see-

lischen Ausgangssituation Islamist, Linksradikaler, Bibeltreuer, fundamentalistischer Veganer oder Nazi werden, hängt eigentlich nur von dem sozialen Umfeld ab, in dem Sie aufwachsen. Reiner Zufall also. Volk und Nation sind im Vergleich zwar die mit Abstand absurdesten Identitätskrücken, aber sie scheinen manchen Menschen zu helfen. Und wenn wir schon bei den dunklen Seiten der Menschen sind: Ich habe mir Gedanken gemacht über den Protagonisten Ihres aktuellen Thrillermanuskriptes, diesen Vince Stark.

Detektiv: Prima! Ich dachte schon, in Zukunft müsste ich ohne Ihren kreativen Input auskommen. Und? Neue Ideen?

Klient: Ich finde ihn zu eindimensional, zu positiv, zu stark, zu gut. Ihm fehlt das Ambivalente, der Bruch in der Persönlichkeit, die dunkle, destruktive Seite. Was halten Sie davon, ihm ein Trauma mit auf den Weg zu geben, einen Schuldkomplex. Vielleicht einen misslungenen Einsatz in der Vergangenheit, bei dem Unschuldige durch sein Versagen ihr Leben verloren haben.

Detektiv: Hm. Interessante Idee.

Klient: Und ich würde noch weiter gehen. Warum setzen wir ihn nicht auf Earl Greys Lohnliste, machen ihn also zum korrupten Bullen, der erst durch die Liebe zu Olivia Spirelli geläutert wird? Zu einem Mann, der eine Entscheidung treffen muss.

Detektiv: Wenn Sie so weitermachen, muss ich Ihnen nach der Veröffentlichung einen Teil meiner Tantiemen überweisen.

Klient: Unwichtig. Versuchen Sie, für diese Figur Ihre eigenen Schattenseiten auszuschlachten, Karl. Die Abgründe der eigenen Seele sind die größten Inspirationsquellen. Nutzen Sie sie. Haben Sie jemals versagt bei einem Einsatz? Sind Menschen gestorben durch Ihr Verhalten? Haben Sie Kollegen, Freunde, Familienangehörige verraten oder belogen? Haben Sie je Klienten belogen?

Detektiv: Nur, wenn es der Wahrheitsfindung diente. Und wo wir gerade beim Thema Lügen sind: Sie sagten, Welders hätte sich wieder bei Ihnen gemeldet, Jacques?

Klient: Jetzt fangen Sie schon wieder an! Am Telefon haben Sie mir erzählt, Sie würden die Stornierung des Auftrages akzeptieren und wollten noch mal mit mir auf den Abschied anstoßen. Nur unter dieser Voraussetzung bin ich überhaupt gekommen!

Detektiv: Ist ja bloß eine kleine Unstimmigkeit, sicher gleich ausgeräumt. Wann genau hat er Sie wieder kontaktiert?

Klient: Vor sechs Tagen. Habe ich Ihnen doch schon alles erzählt.

Detektiv: Und wann haben Sie ihn zum letzten Mal gesehen?

Klient: Warten Sie – das war vorgestern, natürlich. Vorgestern hatten wir unsere erste reguläre Analysesitzung nach der unfreiwilligen Pause. Was soll diese Fragerei? Ich glaube, ich gehe jetzt besser.

Detektiv: Seltsam. Das ist sehr seltsam.

Klient: *Was* ist daran seltsam, Karl? Und was soll dieser durchdringende Blick? Bin ich hier im Kreuzverhör?

Detektiv: Ich hatte heute Morgen einen Anruf von einem zuverlässigen Informanten im Präsidium. Welders ist gestern tot in seiner Wohnung aufgefunden worden. Die Obduktion ist noch nicht abgeschlossen, aber meine Exkollegen gehen davon aus, dass er schon circa zwei Wochen dort gelegen hat. Er muss relativ kurz nach meinem Besuch in seiner Wohnung …

Klient: HÖREN SIE AUF! DAS IST UNMÖGLICH! SIE BLUFFEN!

Detektiv: Warum sollte ich? Ich gehe jede Wette ein, dass es die Placebos waren. Er war wahrscheinlich in der nordfranzösischen Provinz, als die ersten Symptome auftraten. Wohl kein Arzt in der Nähe, vielleicht dachte er sich: Wird schon wieder, alles halb so schlimm. Vielleicht hatte er Angst davor, seine Kumpanen hielten ihn für ein Weichei oder würden die Sache mit dem Spenderherz spitzkriegen, wenn er sich von ihnen ins Krankenhaus fahren ließe. Also hieß die Parole durchhalten, hart wie Kruppstahl, zäh wie Leder. Hat es gerade noch zurück nach Darmstadt geschafft. Ich habe recht gute Kontakte zum Rechtsmedizinischen Institut in Frankfurt, wahrscheinlich habe ich jeden Moment einen Befund in meinem Posteingang. Warten Sie, ich schaue mal nach. (…) Jacques, Was ist los mit Ihnen? Weinen Sie? Um Himmels willen, dass Ihnen das so nahegehen würde, damit habe ich nicht gerechnet. Brauchen Sie ein Taschentuch? Hier, bitte …

Klient: DAS ALLES IST NICHT WAHR! Sagen Sie, dass es nicht wahr ist.

Detektiv: Entschuldigen Sie, wenn ich gewusst hätte, dass er Ihnen so viel bedeutet – er ist ja Ihr Patient, aber wenn man Sie ansieht, könnte man meinen …

Klient: Man könnte *was* meinen?

Detektiv: … Sie hätten einen Angehörigen verloren.

Klient: Die Beziehung zwischen einem Analytiker und einem Analysanden ist etwas anderes als die zwischen einem Gebrauchtwagenhändler und seinem Kunden. Wundert Sie das? Sie sind ein verdammter Idiot. Plaudern hier entspannt mit mir über Gott und die Welt, um dann mit dieser Nachricht rauszurücken.

Detektiv: Entschuldigen Sie, ich habe mich wie ein Ochse verhalten. Ich hätte Ihnen Welders' Tod schonender beibringen sollen. Haben Sie sich wieder etwas beruhigt? Sehr schön. Hier, trinken Sie einen Schluck. Dieser Macallan aus Banffshire ist ideale Nervennahrung. Sie werden Nerven brauchen. Denn da ist noch etwas. Unser Termin hier und heute ... Ich dachte, Sie könnten vielleicht ...

Klient: Gott, Karl, Sie drucksen herum wie ein Pennäler, der beim Abschreiben erwischt wurde. Können Sie nicht einfach so und geradeheraus sagen, was Sache ist? Welche böse Überraschung ziehen Sie noch aus dem Ärmel?

Detektiv: Sie haben völlig recht. Entschuldigen Sie, Jacques. Ich habe gestern mit Welders' Mutter telefoniert, sie ist natürlich völlig verzweifelt. Habe länger mit ihr geredet, versucht, sie ein wenig zu trösten. Dabei habe ich wahrscheinlich mehr erzählt, als ich sollte. Ich habe ihr von der Transplantation berichtet, sie ist natürlich aus allen Wolken gefallen. Und als ich seine Psychoanalyse erwähnte ...

Klient: Still. Hören Sie sofort auf, Karl. Ich will den Rest nicht hören!

Detektiv: ... da hat sie mich inständig gebeten, ja, angefleht, mit Ihnen sprechen zu dürfen. Wer könnte es ihr verdenken? Sie waren wahrscheinlich der Mensch, der ihrem Sohn persönlich am nächsten stand nach seiner Mutter.

Klient: Vergessen Sie das, Karl. Ein solches Treffen wird unter keinen Umständen stattfinden. Niemals.

Detektiv: Diese Reaktion habe ich fast befürchtet.

Klient: Prima, dann ist ja alles in Ordnung. Warum knabbern Sie trotzdem so nervös an Ihren Fingernägeln herum?

Detektiv: Ich bin wirklich ein Vollpfosten, Jacques. Ich glaube, ich habe einen riesigen Fehler gemacht.

Klient: Solange ich nicht der Leidtragende bin, soll mir das egal sein.

Detektiv: Ich habe seine Mutter eingeladen. Sie wird jeden Moment hier eintreffen.

Klient: SIE HABEN WAS? Was soll das? Sie versuchen wieder, mich zu provozieren! Wie können Sie es wagen, mich so vor vollendete Tatsachen zu stellen? Ich verlasse sofort den Raum, das war nicht abgesprochen.

Detektiv: Warum sperren Sie sich so? Ihr Patient ist tot, es wäre doch eine schöne Geste, seiner Mutter ein paar tröstende Worte zu sagen. Ja, ich weiß, Welders war kein Engel. Aber macht der Tod nicht alle Menschen unschuldig?

Klient: Sie bluffen. Sie wollen mich reinlegen. Als Rache für meine Beziehung mit Ihrer Exfrau.

Detektiv: Woher denn? Ich freue mich aufrichtig, wenn zwei Liebende sich finden! Und wie Sie schon sagten, Sie ist meine Exgattin und kann ihre eigenen Wege gehen. Ich bitte Sie, Jacques. Schlagen Sie dieser armen Mutter nicht diesen Wunsch ab. Warten Sie, ich muss noch einen Stuhl herschieben für die Dame. Würden Sie vielleicht etwas rüberrücken? Was meinen Sie, ob ich ihr einen Whisky anbiete?

Klient: Ich gehe …

Detektiv: Sie werden ihr geradewegs in die Arme laufen, wenn Sie da jetzt rausgehen.

Klient: Existiert noch ein anderer Ausgang?

Detektiv: Nein. Gott, Sie sind ja völlig von der Rolle. So geht das nicht. In Ihrer Verfassung verstören Sie die arme Frau ja noch mehr! Also, wenn es gar nicht anders geht, dann stellen Sie sich hinter die Tür. Ich werde Frau Welders draußen abfangen. Eine ganz schön unangenehme Situation, in die ich uns da gebracht habe. Einfach peinlich. Warten Sie hier, ich höre die Aufzugtüren. Ich glaube, Sie kommt gerade aus der Kabine.

(...)

Klient: Sie haben da vor der Tür mit ihr gesprochen?

Detektiv: Nein, ich habe in der Nase gebohrt und Popel gezählt. Natürlich habe ich mit ihr gesprochen, was dachten Sie denn?

Klient: Ich habe nur Ihre Stimme gehört.

Detektiv: Die Tür war zu und eine Frau von Ende fünfzig, die gerade ihren Sohn verloren hat, brüllt eben nicht wie ein Obstverkäufer.

Klient: Gott sei Dank, mir fällt ein Stein vom Herzen. Ich muss mich setzen. Könnten Sie mir noch einen Drink mixen? Sie rücken mir wieder so dicht auf die Pelle, kommt jetzt wieder eins Ihrer berüchtigten Kreuzverhöre?

Detektiv: Ich bitte Sie. Sie sind mein Kunde! Ich fand nur Ihre Reaktion auf den bevorstehenden Kontakt mit Welders' Mutter interessant. Die Situation war Ihnen nicht nur unangenehm. Sie wären ja am liebsten aus dem Fenster gesprungen. Ich erkenne es, wenn Menschen Angst haben, Jacques. Ich *rieche* Angst. Und Sie hatten Angst.

Klient: Unsinn. Wovor sollte ich mich fürchten? Die ganze Situation war einfach nur peinlich und unangenehm. Dafür sind Sie verantwortlich. Und wenn Sie noch näher kommen, könnte ich schwanger werden.

Detektiv: Wovor Sie sich fürchten sollten, lieber Jacques? Vielleicht vor Ihrem eigenen Gewissen? Einen Menschen elegant aus der Distanz zu töten, ist gar nicht so schwierig. Aber das Leid der Angehörigen hautnah zu erleben – das lässt nur ganz Abgebrühte unberührt. Und Sie sind nicht ganz abgebrüht. Ihnen ist der Arsch gerade richtig auf Grundeis gegangen. Warum haben Sie mir vorgeschwindelt, Welders hätte sich wieder bei Ihnen gemeldet? Was haben Sie mit seinem Tod zu tun?

Klient: Wie Sie schon sagten, Karl. Ich bin Ihr Kunde. Und dies ist kein Verhör. Vergessen Sie das nicht. Ich gehe. Leben Sie wohl. Nein: Gehen Sie zum Teufel!

7

Klient: Sie sind ein mieses, abgefeimtes Arschloch, Karl.

Detektiv: Was für eine nette Begrüßung, Jacques! Schön, Sie zu sehen. Kommen Sie herein.

Klient: ›Ich höre den Aufzug, ich glaube, da kommt sie …‹ Von wegen. Sie mieses Schwein.

Detektiv: Stimmt, die Sache mit dem defekten Lift hatte ich vergessen. Zum Glück sind Sie nicht sofort drauf gekommen. Aber Sie müssen zugeben, ansonsten gab es an meiner kleinen Aufführung wenig auszusetzen, oder?

Klient: Warum dieses Schmierentheater? Wollen Sie mich kränken? Bereitet es Ihnen Lust, mich zu quälen?

Detektiv: Na, na, wer wird denn gleich moralisch werden? Und Sie waren es ja, der mit dem Theaterspiel begonnen hat. Diese Geschichte von der magischen Rückkehr des verlorenen Patienten – warum um Himmels willen haben Sie sich das ausgedacht?

Klient: Weil ich die Sache begraben wollte. Die Attacke seiner Kameraden auf Sie – so was ist nicht meine Liga. Ich hatte schlicht und ergreifend die Hosen voll. Und Sie waren ja wie besessen von Ihrem Auftrag.

Detektiv: Ich bin es noch.

Klient: Wie soll ich das verstehen?

Detektiv: Ich weiß nicht, wie ich es Ihnen sagen soll, Jacques ...

Klient: Was sagen soll?

Detektiv: Versuchen Sie jetzt bitte, sich nicht aufzuregen: Welders ist nicht tot ...

Klient: ER IST NICHT TOT???

Detektiv: Jedenfalls nicht, dass ich wüsste. Ich habe Ihnen Ihre Geschichte nicht geglaubt, und um Sie aus der Reserve zu locken, musste ich schnell etwas improvisieren. Ich gebe zu, die Idee mit seinem Ableben war vielleicht nicht die ganz feine englische Art, aber der Erfolg heiligt ja bekanntlich die Mittel ... Jacques?! Wo wollen Sie hin? Jetzt bleiben Sie doch! Es tut mir wirklich leid ...

Klient: Wie ich schon sagte, Karl. Sie sind ein mieses Arschloch, Rünz. Sie sind ein mieses, eiskaltes Arschloch.

Detektiv: Jacques, Sie sind mir unheimlich, Sie reden schon wie meine Frau ...

Klient: Ihre *Ex*frau. Wie hat sie das nur mit Ihnen ausgehalten? Leben Sie wohl, Rünz.

8

Detektiv: Jacques, Sie sind eine Drama-Queen. Wie oft haben Sie mir jetzt schon Lebewohl gewünscht oder mich zum Teufel geschickt? Und regelmäßig stehen Sie ein paar Tage später wieder bei mir vor der Tür. Jetzt mal ehrlich: Bietet meine Exfrau Ihnen so viel Leidenschaft wie ich?

Klient: Nicht ganz, aber ich möchte jetzt einfach reinen Tisch machen. Darf ich reinkommen?

Detektiv: Na ja, ich erwarte gleich noch einen Klienten. Aber eine halbe Stunde haben wir Zeit. Kommen Sie rein, nehmen Sie Platz.

Klient: Karl, ich möchte die Karten ganz offen auf den Tisch legen. Tabula rasa machen.

Detektiv: Klingt vielversprechend.

Klient: Bei Ihrer Recherche nach meiner beruflichen Identität waren Sie auf der richtigen Spur. Ich habe zwar mal ein paar Semester Medizin studiert, aber ich bin kein Psychoanalytiker.

Detektiv: Na also, mein Instinkt hat mich noch nie im Stich gelassen. Sondern?

Klient: Ich bin Autor. Ich schreibe Romane. Wir sind also quasi Kollegen, wenn Sie so wollen.

Detektiv: Dann ist der Analytiker Ihre Standardnummer beim Anbaggern von Frauen?! Ich könnte meiner Exfrau stecken, dass Sie sie belogen haben.

Klient: Um sie dann mit der Wahrheit zu enttäuschen? Dass ich nichts weiter als ein erfolgreicher Bestsellerautor bin? Viel Erfolg! Und wer sagt Ihnen überhaupt, dass ich auch Ihrer Frau eine falsche Identität vorgespielt habe?

Detektiv: Bestsellerautor? Kommen Sie, Jacques. Wenn ich die ganzen Kaninchen, die Sie hier schon aus dem Hut gezaubert haben, durchfüttern müsste, hätte ich längst selbst Schlappohren. Diese Geschichte soll ich Ihnen glauben? Und was soll dann dieser ganze Hokuspokus mit Welders? Benutzen Sie mich für Ihre Plotrecherche?

Klient: Nicht ganz. Aber so ähnlich. Paul Fliedmann, der Münchener Analytiker, den Sie ausfindig gemacht haben, ist ein enger Freund von mir. Deswegen bin ich etwas vertraut mit der Materie. Der Unfalltod seiner Tochter, die Organspende – Sie haben das ja alles sauber recherchiert.

Detektiv: Und diese Geschichte mit dem Adressierungsfehler bei ›InterTransplant‹ …

Klient: … ist ausnahmsweise die volle Wahrheit.

Detektiv: Dann war diese ganze Story mit Welders' Therapie Ihr Fantasieprodukt. Fliedmann hat Sie also gebeten, sich den Organempfänger mal genauer anzuschauen? Weil Sie hier im Rhein-Main-Gebiet leben?

Klient: Die räumliche Nähe war natürlich ein Riesenzufall und spielte auch eine Rolle. Er war neugierig, wusste aber nicht, ob er sich eine persönliche Begegnung zumuten wollte. Deswegen hat er mich gebeten, einige Eindrücke über Welders zu sammeln. Um Ihrer Frage zuvorzukommen: Mein Münchner Freund hat bis heute keine Ahnung davon, dass Welders ein Nazi ist. Und ich habe nicht die Absicht, es ihm mitzuteilen.

Detektiv: Also haben Sie Welders anfangs selbst ein wenig beschattet. Genug, um von seinen rechten Aktivitäten zu erfahren. Dann haben Sie ihn aus den Augen verloren und mich konsultiert. Fliedmann kann sich glücklich schätzen, einen so engagierten Freund zu haben.

Klient: Ich gebe zu, ab einem gewissen Zeitpunkt kam so etwas wie professionelles Interesse ins Spiel. Eine so unglaubliche Geschichte auf dem Silbertablett serviert zu bekommen …

Detektiv: Sie wollen die Story in einem Roman verarbeiten?

Klient: Natürlich nicht eins zu eins. Ich werde die Protagonisten austauschen, Schauplätze verlagern, etwas dramatisieren und zuspitzen, klassisches Autorenhandwerk. Aber wem erzähle ich das?

Detektiv: Jetzt verstehe ich auch, warum Sie solche Angst vor der Begegnung mit Welders' Mutter hatten. Sie leben von Ihren Einkünften als Autor?

Klient: Ja – und nicht schlecht. Höre ich da etwas Neid in Ihrer Stimme, Mr. Rockwell?

Detektiv: Woher denn. Aber Sie mussten doch damit rechnen, dass ich Ihr Gesicht erkenne! Wenn Sie tatsächlich so erfolgreich sind, dann haben Sie sicher schon das eine oder andere Interview gegeben – Presse, Fernsehen oder so.

Klient: Das war unwahrscheinlich. Ich schreibe wie Sie unter Pseudonym und habe meinen Kopf seit Anfang meiner Karriere konsequent von jeder Kameralinse ferngehalten.

Detektiv: Hmm, jetzt leuchtet mir auch Ihr kreativer Input für mein Manuskript ein. Überhaupt Ihr Faible für fiktionale Stoffe. Ich muss gestehen: Jetzt, wo Sie sich als erfolgreicher Autor geoutet haben, ist mir Ihr Urteil über mein Manuskript natürlich noch wichtiger. Ich wage kaum zu fragen, aber ich arbeite gerade an einer Schlüsselstelle meines neuen Romans und wäre wahnsinnig neugierig auf Ihr Urteil. Darf ich Ihnen vielleicht eine kurze Passage vorlesen?

Klient: Natürlich! Ich brenne darauf, lassen Sie hören!

Detektiv: Also, die Szene spielt in der Chefetage der HeinerChem Industries, zwei Personen sind anwesend: Olivia Spirelli und der Vorstandsvorsitzende Earl Grey. Die Spirelli versucht, Earl Grey ein Geständnis abzuringen bezüglich der giftigen Abwässer im Woog. Was Grey nicht weiß: Olivia ist verdrahtet, draußen im CTU-Einsatzwagen sitzt Vince Stark und schneidet das Gespräch mit.

Klient: Ah – ein Klassiker. Das abgehörte Dialogduell zum Finale. Schießen Sie los!

Detektiv: Dann mal los:

Spirelli: Grey, Sie sind verantwortlich für die Abwässer im Woog. Sie hätten die Killerbestie stoppen können. Aber alles, was für Sie zählte, war das blütenweiße Image der HeinerChem Industries. Wir haben Beweise, diesmal kommen Sie nicht davon.

Grey: Ah, diese Jugend, dieses Feuer, diese Leidenschaft. Ich liebe es, wenn schöne, junge

Menschen für eine Idee brennen. Auch wenn es, wie in Ihrem Fall, die falsche ist, meine liebe Olivia. Warum vergessen Sie nicht Ihre albernen Anschuldigungen und fangen morgen hier bei HeinerChem an. Bei uns bringen Sie es in einem Jahr weiter als in zehn Jahren an dieser Universität. Sie haben ein spezielles wissenschaftliches Steckenpferd, an dem Sie gerne arbeiten möchten? Ich richte Ihnen ein eigenes Labor ein. Ihr Budget an der Uni reicht Ihnen hinten und vorne nicht? Hier bei mir arbeiten Sie mit Mastercard ohne Limit. Ich habe ein Gespür für Talent – und Sie haben Talent.

Spirelli: Glauben Sie wirklich, ich lasse mich von Ihnen bestechen? Sie haben vielleicht den Oberbürgermeister auf Ihrer Gehaltsliste – mich niemals.

Grey: Sagen Sie, Olivia: Dieser Geheimdienstmann, der mit Ihnen zusammenarbeitet, dieser Vince Stark, macht er Ihnen Avancen? Sie brauchen nichts zu sagen, natürlich tut er das. Sie sind hinreißend, er ist ein Mann und nicht blind. Aber er spielt nicht in Ihrer Liga. Sicher, er hat straffere Bauchmuskeln als ich und kann wahrscheinlich schneller rennen, aber Sie sind eine Frau mit Stil und Klasse, und er ist nichts weiter als ein tumber Leibwächter, der in ein paar Jahren als Ladendetektiv in einem Baumarkt landen wird. Verkaufen Sie sich nicht unter Wert, Olivia.

Spirelli: Ich gehe Ihren billigen Komplimenten nicht auf den Leim, Earl Grey. Sie haben unschuldige Menschen auf dem Gewissen. Und dafür werden Sie bezahlen.

Grey: Ich hätte viel mehr Menschen auf dem Gewissen, wenn ich all diese Dinge, die Sie mir vorwerfen, nicht getan hätte!

Spirelli: Sie gestehen also?

Grey: Gestehen? Die Wahrheit? Sie können die Wahrheit doch gar nicht vertragen, Lady. Wir leben in einer Welt voller Krankheiten, und diese Krankheiten müssen mit Medikamenten bekämpft werden. Und wer soll das tun? Sie, Olivia? Ich trage größere Verantwortung auf meinen Schultern, als Sie sich jemals vorstellen können! Sie weinen um den Großen Woog und verfluchen die HeinerChem Industries – und gleichzeitig genießen Sie den Luxus, nicht das zu wissen, was ich weiß: Dass ein paar Abwässer im Woog und einige Tote zwar tragisch sind, aber wahrscheinlich Leben gerettet haben. Und dass meine Existenz, obwohl sie Ihnen grotesk und unverständlich vorkommt, Leben rettet. Sie wollen das nicht wahrhaben. Sie erzählen das nicht auf Partys, doch tief in Ihrem Inneren wollen Sie, dass ich diese Krankheiten bekämpfe. Wir stehen zu unserem Krieg gegen Viren, Bakterien und Keime. Für uns sind diese Erreger die Plattform unse-

res Lebens – wir leben, um gegen sie zu kämp-
fen. Aber für Sie sind das nur Sprüche. Ich
habe weder die Zeit noch das Bedürfnis …

Klient: Haaalt! Moment, Karl. Tom Cruise und Jack Nicholson in ›Eine Frage der Ehre‹, 1992. Sein grandioser Monolog, mit dem er Tom Cruise im Gerichtssaal runterbuttert.

Detektiv: Ist die Ähnlichkeit so auffällig?

Klient: Grenzwertig, wenn Sie mich fragen.

Detektiv: Könnte doch wieder als Filmzitat durchge-hen!

Klient: Nein, wirkt hier eher wie abgekupfert.

Detektiv: Vielleicht haben Sie recht, Jacques. An dieser Stelle brauche ich sowieso noch etwas Input von Ihnen. Sie sind doch gerade in Übung, haben vor ein paar Tagen erst versucht, meine Frau …

Klient: … *Ex*frau …

Detektiv: … rumzukriegen. Wie versucht Earl Grey, die süße Olivia klarzumachen? Vielleicht flüstert er ihr ein paar Schweinereien ins Ohr, fummelt derweil an ihrem BH herum und entdeckt das Mikrofon. Was meinen Sie?

Klient: Ich dachte, mit dem Thema wären wir durch. Wollen Sie jetzt meine Meinung zu Ihrer Szene, oder wollen Sie nur noch mal nachtreten?

Detektiv: Nachtreten ist ein gutes Stichwort, Jacques. Sie haben mit offenen Karten gespielt, ich denke, ich sollte es auch tun. Diese Schläger, die mich vor ein paar Tagen aufgemischt haben – ich gebe offen zu, dass ich überzeugt davon war, Sie hätten sie mir auf den Hals geschickt. Um mich von der Suche nach Welders abzubringen.

Klient: Das ist absurd.

Detektiv: Ich weiß, ich weiß. Aber wenn Sie es nicht waren, wer dann? Ich war bei meiner Recherche extrem vorsichtig, Welders kann unmöglich etwas bemerkt haben. Selbst seiner Mutter habe ich mich unter falschem Namen vorgestellt.

Klient: Tja. Karl, versuchen Sie doch bitte mal, sich genau daran zu erinnern, *was* diese Schläger zu Ihnen sagten, als sie Sie verprügelten.

Detektiv: Ich weiß es nicht mehr genau. ›Wenn du nicht aufhörst mit der Schnüffelei, machen wir dich platt!‹ ›Steck deine Nase nicht in Sachen, die dich nichts angehen.‹ Irgendwas in der Art.

Klient: Keine Erwähnung von Welders' Namen? Kein konkreter Bezug zu ihm?

Detektiv: Nicht dass ich mich erinnern könnte. Worauf wollen Sie hinaus, Jacques?

Klient: Sicher ist also lediglich: Die Schläger wurden von jemandem beauftragt, dem Ihre Nachstellungen ganz gewaltig auf die Nerven gehen.

Detektiv: Sie meinen, der Überfall steht vielleicht in Zusammenhang mit einem der anderen Aufträge, an denen ich derzeit arbeite?

Klient: Schon möglich. Aber warum klammern Sie Ihr Privatleben aus Ihren Überlegungen aus?

Detektiv: Ich verstehe nicht …

Klient: Kommen Sie, Karl, lassen Sie uns Tacheles reden. Sie wissen es, Ihre Exfrau weiß es, ich weiß es. Sie beschatten Ihre Exfrau seit Ihrer Trennung auf Schritt und Tritt. Ihr Verhalten grenzt an Stalking.

Detektiv: *Sie* hat mir diese Schläger vorbeigeschickt?

Klient: Ganz ehrlich: Es würde mich nicht wundern. Sie hat mir gegenüber keine eindeutigen Bemerkungen in dieser Richtung gemacht, aber sie hat Phasen, in denen ich ihr alles zutrauen würde. Sie können sich nicht vorstellen, wie wütend sie auf Sie ist.

Detektiv: Verdammt, wenn Sie mich für einen Stalker hält, hätte sie zur Polizei gehen können!

Klient: Um sich dort von den Mitgliedern Ihrer alten Seilschaften auslachen zu lassen? Kommen Sie.

Detektiv: Sie wussten wirklich nichts von dieser Aktion?

Klient: Keine Details, nur Andeutungen. Nicht ob, wann, wo und wie. Glauben Sie mir, ich hätte Sie sonst in irgendeiner Form vorgewarnt.

Detektiv: Das wird sie mir büßen. Diese Hexe. So eine Aktion hätte ich ihr nicht zugetraut. Fast nötigt sie mir Respekt ab. Verdammt, ich habe die Uhrzeit völlig vergessen. Mein Klient müsste jeden Moment kommen.

Klient: Kein Problem, Karl. Wir können ein andermal auf unseren Abschied anstoßen. Ich mache mich auf den Weg.

Detektiv: Aber nehmen Sie bitte die Treppe!

Klient: Natürlich, der Aufzug ist doch sowieso außer Betrieb.

Detektiv: Oh Gott, Sie haben recht! Das ist schlecht. Sehr schlecht.

Klient: Warum, wenn ich fragen darf?

Detektiv: Sie werden meinem Klienten mit hoher Wahrscheinlichkeit auf der Treppe begegnen. Sie müssen unbedingt wieder das andere Treppenhaus benutzen.

Klient: Das hatten wir doch schon mal. Doch nicht wieder Welders' Mutter? So schnell wiederholen ja nicht mal die Öffentlich-Rechtlichen.

Detektiv: Ich erwarte nicht seine Mutter. Sondern Welders.

9

Detektiv: Mein Gott, Jacques. Sie haben die ganze Stunde oben auf dem Treppenabsatz gewartet?

Klient: Ich hätte auch vier Stunden gewartet, um sofort zu erfahren, warum dieser Mensch in Ihrem Büro ein und aus geht! Was für ein Theaterstück führen Sie hier seit Wochen auf?

Detektiv: Beruhigen Sie sich erst mal, Jacques. Sie brauchen jetzt Nervennahrung. Hier, testen Sie den mal, hat mein Bessunger Händler ganz neu im Angebot. Ein Glen Garioch aus den östlichen Highlands. Malzig-süß, ganz zarte Rauchnote – Gott, was für ein Genuss. Langsam, langsam, mein Freund. Sie kippen dieses kostbare Destillat ja in einem Zug runter! Was für eine Verschwendung.

Klient: Noch einen, bitte. Und eine Zigarette. Raus damit: Was hat Welders hier zu suchen?

Detektiv: Gegenfrage: Haben Sie mir tatsächlich geglaubt, ich hätte mir Zugang zu Welders' Wohnung verschafft und in seinen Sachen herumgeschnüffelt? Wenn ich so arbeiten würde, könnte ich meine Lizenz bald abgeben.

Klient: Dieser gefälschte Brief von ›InterTransplant‹, die Medikamentenschachtel – Sie haben sich all das ausgedacht?

Detektiv: Woher denn! Alles real. Und ich musste keinen Fuß aus der Detektei setzen, um all diese
Dinge zu finden. Welders hat sie mir gebracht!
Erinnern Sie sich? Als Sie zum ersten Mal bei
mir im Büro saßen, haben Sie darüber fabu-
liert, wie viel Energie Welders investiert, um
den Spender seines Herzens zu identifizieren.
Sie haben mit Ihrer Autorenfantasie voll ins
Schwarze getroffen! Welders hat tatsächlich
alle Hebel in Bewegung gesetzt, um die Identität seines Organspenders zu lüften, ist aber
nur gegen Wände gerannt. Da war es doch
nur konsequent, irgendwann eine Detektei
zu beauftragen.

Klient: Ach, und da kommt er ausgerechnet zu Ihnen?
Wieder eine von diesen Geschichten, die der
Zufall ins Rollen bringt?

Detektiv: Hier in Darmstadt bieten fünf Detekteien ihre
Dienste an. Meine ist die dritte, die er angelau-
fen hat. Die ersten beiden haben seine Anfrage
sofort abgelehnt wegen mangelnder Erfolgs-
chancen.

Klient: Und Sie haben spontan zugesagt?!

Detektiv: Wie sollte ich ablehnen? Das war doch fast
Nötigung! Sie beide haben sich hier vor vier
Wochen – nach Ihrem ersten Besuch – fast die
Klinke in die Hand gegeben! Stellen Sie sich
diese Steilvorlage vor: Sie beauftragen mich,

einen Patienten zu suchen, und eine halbe Stunde später stattet mir der Vermisste persönlich einen Besuch ab! So was ist doch wie Weihnachten und Ostern an einem Tag.

Klient: Warum haben Sie mir nicht sofort Bescheid gegeben? Mein Auftrag war damit nichtig!

Detektiv: Ich gebe zu, da waren betriebswirtschaftliche Erwägungen im Spiel. Hätten Sie mir nach einem so schnellen und mühelosen Fahndungserfolg die volle Honorarsumme ausgezahlt? Unwahrscheinlich. Außerdem war ich geradezu elektrisiert vor Vorfreude über das zu erwartende Katz-und-Maus-Spiel.

Klient: Er hat Sie also beauftragt, den Spender zu finden?

Detektiv: Dessen Identität mir wiederum von Ihnen bestätigt wurde! Eine wunderbare Win-win-Situation. Ich sollte meinen früheren Vorgesetzten kontaktieren und ihm davon erzählen. Vielleicht stellt er mich wieder ein!

Klient: Sie haben ihm also von Fliedmann und seiner Tochter erzählt?

Detektiv: Warum um Himmels willen sollte ich das tun? Ich habe ihm vor ein paar Minuten berichtet, sein Herz stamme von einem schwedischen Zehnkämpfer, der bei einem Holzfällerwettbewerb in der Nähe von Uppsala in eine laufende Motorsäge gestürzt ist. Die Story ist übrigens wasserdicht und googlesicher, sogar der Todeszeitpunkt passt perfekt. Ich habe Welders' Links zu den einschlägigen Berichten einer schwedischen Regionalzeitung mit auf den Weg gegeben. Den Text versteht keine Sau, aber Fotos und Datum passen perfekt. Dieser kleine Nazi mit seinem großen Ersatzherz fühlt sich jetzt tatsächlich wie eine nordische Gottheit! Ich weiß, wie man einen Menschen glücklich macht. Er hat sein Honorar übrigens sofort bezahlt. Bar.

Klient: Das heißt, Ihre Arbeit für ihn ist damit abgeschlossen?

Detektiv: Nicht ganz. Ich habe nach wie vor den Auftrag von ihm, die Herkunft des gefälschten Briefes und der Placebos zu klären. Und da steht Ihr Freund Fliedmann bei mir ganz oben auf der Fahndungsliste. Wissen Sie was, Jacques? Ich glaube, Ihr Münchner Freund benutzt Sie. Er hatte Welders längst im Visier und braucht einen Beobachter vor Ort. Einen Jagdhund, der die Schweißspur der angeschossenen Beute verfolgt. Entschuldigen Sie – das Telefon. Detektei Rünz, was kann ich für Sie tun?

(…) DU WAGST ES, HIER ANZURUFEN? NACHDEM DU MIR DIESE SCHLÄGER-

BANDE … (…) Versuch jetzt nicht, das abzu-streiten! Und was soll das heißen: ›Du willst nicht mit mir sprechen.‹ Warum zum Teufel rufst du mich dann an? (…) Du willst WAS? Das glaube ich jetzt nicht. Ja, der ist hier.

Also dazu fällt mir jetzt nichts mehr ein. Für Sie, Jacques.

Klient: Für mich? Absurd, wer sollte mich hier anru-fen?

Detektiv: Meine Exfrau.

Klient: Oh, danke. Ich übernehme.

Hallo, schön deine Stimme zu hören! (…) Ja, sorry, mein Akku scheint leer zu sein. Das mit neulich Abend tut mir übrigens leid, ich weiß auch nicht, was da in mich gefahren ist. (…) Heute Abend? Warum nicht? Gerne! (…) 20:00 Uhr passt perfekt. (…) Ich dich auch. Bis später!

Detektiv: Ich überlege gerade, ob ich Sie aus dem Fenster werfe oder Ihnen mit einer Whiskyflasche den Scheitel nachziehe.

Klient: Ich bitte Sie, Karl. Das ist nicht die Art, wie Erwachsene Konflikte lösen. Wo waren wir stehen geblieben mit Welders?

Detektiv: Sie sagten: ›Ich dich auch.‹

Klient: Ähm – wie bitte?

Detektiv: Als Sie das Gespräch mit meiner Exfrau been-
           deten, sagten Sie: ›Ich dich auch.‹ Auf welche
           Äußerung meiner Frau bezog sich das?
Klient: Ach nichts, sie sagte nur so was wie: ›Ich infor-
           miere dich, wenn bei mir noch was dazwi-
           schenkommt.‹

Detektiv: Worauf Sie zärtlich ›Ich dich auch.‹ hauchen?
           Das ist die dümmste Ausrede, die ich je gehört
           habe. Schön zu sehen übrigens, dass Sie schon
           Phase zwei der heterosexuellen Paarbeziehung
           erreicht haben.

Klient: Und was sollte das für eine Phase sein?

Detektiv: ›Mein Akku ist leer‹ – ich bitte Sie, was für eine
           abgeschmackte Ausrede. Frisch Verliebte lau-
           fen grundsätzlich mit Handys herum, deren
           Akkus fast platzen.

10

Detektiv: Himmel, Jacques. Sie stürmen hier rein, als wäre eine Horde Zombies hinter Ihnen her. Es ist fast 22:00 Uhr, ich wollte gerade abschließen und nach Hause gehen. Was ist los?

Klient: Abschließen – eine gute Idee. Schnell, schließen Sie die Tür hinter mir ab, wir haben nicht viel Zeit!

Detektiv: Warum sollte ich das tun, und was haben Sie mit meinem Schreibtisch vor? Er steht gut da, wo er steht.

Klient: Wir müssen das Ding hinter die Tür schieben, sonst tritt er sie ein. Verdammt, jetzt helfen Sie mir doch!

Detektiv: *Wer* tritt meine Tür ein?

Klient: Welders, was denken Sie denn?

Detektiv: Sie haben ihn gesehen?

Klient: Reiner Zufall, unten im Foyer, als ich den Aufzug betreten wollte. Zum Glück läuft das Ding wieder. Verdammt, dieser Schreibtisch ist schwerer als eine Schrankwand. Er hat mich zum Glück nicht bemerkt, ist die Treppe hochgegangen, während ich in den Lift sprang. Und wenn mich nicht alles getäuscht hat, trägt er unter seiner Jacke etwas, das einer abgesägten Schrotflinte *ziemlich* ähnlich sieht. Wahrscheinlich hat er irgendwie herausgefunden, dass Sie ihn belogen haben. Warum fummeln Sie jetzt an dieser Schublade herum? Helfen Sie mir endlich beim Schieben! – Um Himmels willen, was ist das?

Detektiv: Ein Ruger Super Redhawk Kaliber 45. Ein starkes Argument in hitzigen Diskussionen.

Klient: Sie wollen sich mit ihm eine Schießerei liefern?

Detektiv: Warum nicht? So eine kleine Bleidusche ist doch ein richtiger Jungbrunnen.

Klient: Hören Sie die Schritte? Das muss er sein, draußen im Flur. Vergessen wir den Schreibtisch. Wir müssen versuchen, mit ihm zu reden. Und legen Sie endlich diese verdammte Waffe weg, Sie provozieren ihn unnötig. Deeskalation ist jetzt angesagt.

Detektiv: Reden ist Bullshit. Deeskalation ist Bullshit. Provozieren ist gut. Wo bleibt er denn, der kleine Führer? Hat er sich verlaufen? Wollen doch mal sehen, wie er sich im Stahlgewitter behauptet! Was amüsiert Sie plötzlich so, Jacques? Passen Sie auf, Sie verschlucken sich, wenn Sie so weiterlachen.

Klient: Wissen Sie, wie Sie dastehen? Wie Clint East-
wood in ›Dirty Harry‹. MAKE MY DAY,
HONEY.

Detektiv: Nette Vorstellung, die Sie da geliefert haben.
Dachten Sie, Sie würden mich damit aus der
Reserve locken? Oder wollten Sie einfach nur
eine Revanche, weil ich Sie belogen habe? Und
weil ich Ihnen miserable Sextipps für das Rendezvous mit meiner Frau gegeben habe?

Klient: Exfrau. Sie ist Ihre Exfrau. Jetzt mal ganz ehrlich, Karl – ich finde, Sie sind überraschend
cool geblieben. Sind Sie tatsächlich so lässig?
Oder waren Sie so entspannt, weil Sie genau
wussten, dass Welders *unmöglich* da draußen stehen kann, aus welchem Grund auch
immer?

Detektiv: Vielleicht, weil ich ihm nie begegnet bin? Oder
vielleicht, weil ich weiß, dass er tatsächlich tot
ist? Suchen Sie sich einfach eine Erklärung
aus.

Klient: Sie sind unverbesserlich, Karl. Aber ich liebe
dieses Katz-und-Maus-Spiel mit Ihnen. Mir
kommt da gerade eine Idee. Stellen Sie sich
vor, wir beide säßen auf der kleinen Bühne im
Staatstheater, und die Zuschauer im Parkett
und auf den Rängen würden unsere Gespräche verfolgen. Alle unsere Treffen, zusam-
mengefasst und komprimiert zu einem raf-

finierten kleinen Kammerspiel. Ein Detektiv und sein Auftraggeber, zwei Protagonisten, die sich gegenseitig belauern, sich unentwegt Fallen stellen, täuschen und auf falsche Fährten locken. Kein festes Fundament, keine Äußerung, auf die man sich wirklich verlassen kann. Was meinen Sie, Karl. Welches Finale würde sich das Publikum für diesen spannenden Theaterabend wünschen?

Detektiv: Nun, ich denke, es müsste ein überaus intelligent konstruierter Abschluss sein, in dem die verstreuten Handlungsfäden, Andeutungen und Anspielungen plausibel, raffiniert und gleichzeitig überraschend und völlig unvorhersehbar zusammengeführt werden.

Klient: Und? Haben Sie eine Idee?

Detektiv: Wie wäre es zum Beispiel damit: Nicht Welders ist der Herzkranke, sondern *Sie sind es!* Und Welders ist Ihr potenzieller Spender. Eine Unregelmäßigkeit in der ›InterTransplant‹-Datenbank ist tatsächlich aufgetreten, nur wurden Sie als Empfängerkandidat irrtümlich über die Identität ihres potenziellen Spenders informiert! Ihr Suchauftrag für mich hat keinen anderen Sinn als den, Ihr flüchtiges Ersatzteillager für Sie ausfindig zu machen, damit Sie den Unglücklichen, wie auch immer, töten und für die Transplantation zur Verfügung stellen können.

Klient: Sehr gut. Ich bin begeistert, Karl. Ein paar
             Logiklöcher wären hier und da natürlich noch
             zu stopfen, aber die Grundidee ist genial. Was
             hat Sie inspiriert zu diesem Einfall?

Detektiv: Vor einigen Tagen, als der Aufzug kaputt war,
             waren Sie ziemlich außer Atem, als Sie hier
             oben ankamen. Für einen Mann Ihres Alters –
             Sie rauchen kaum, haben kein Übergewicht –
             schien mir das recht ungewöhnlich.

Klient: Und da haben Sie schnell mal eine irreversible
             Herzinsuffizienz diagnostiziert. Schön. Sehr
             schön. Wollen Sie meinen Vorschlag für das
             Finale unserer Theatervorstellung hören?

Detektiv: Ich brenne drauf!

Klient: Also gut: Bis zu diesem Moment sind Sie über-
             zeugt davon, dass ich zuerst Sie und dann Ihre
             Exfrau kennengelernt habe. Vielleicht war es
             genau umgekehrt? Vielleicht bin auch ich ein
             Privatdetektiv und wurde von Ihrer Exfrau
             auf Sie angesetzt. Um – wie haben Sie das so
             schön formuliert? – Aufklärungsarbeit zu leis-
             ten und Verhandlungsmasse zu bilden. Und
             Sie müssen zugeben, bei Ihnen als Klient auf-
             zutauchen, einen frei erfunden Auftrag auf den
             Tisch zu legen, ein wenig persönliche Nähe zu
             entwickeln, Vertrauen aufzubauen: Eine raf-
             finiertere und elegantere Methode, Sie auszu-
             forschen, ist kaum denkbar. Und immerhin

haben Sie mir ja schon gestanden, die Katze Ihrer Frau vergiftet zu haben!

Detektiv: Das habe ich nicht!

Klient: Haben Sie. Implizit.

Detektiv: Niemals. Außerdem sind Sie ein Intellektueller, kein Schnüffler. Keiner meiner Branchenkollegen würde sich so eine abgehobene Geschichte ausdenken. Oh, das Telefon. Sicher mein Anwalt. Soll ich gleich laut stellen, damit Sie meiner Exfrau detailliert Bericht erstatten können?

Klient: Ich bitte Sie, Karl!

Detektiv: Wie Sie meinen, Jacques. Ich werde mich kurz fassen.

Rünz am Apparat. (…) Ach, du bist es! Was für eine Überraschung! Schön, deine Stimme zu hören. (…) Ich dachte, du schläfst noch, so wie ich dich letzte Nacht rangenommen habe. (…) Mir geht's nicht anders, Schätzchen. Viel Schlaf hatten wir ja nicht. (…) Dieses halbdurchsichtige rosafarbene mit den Spaghettiträgerchen? Oh Mann, mir wird heiß. (…) Verdammt, du weißt wirklich, wie man einen Mann von der Arbeit ablenkt. (…) Honey, das geht jetzt wirklich nicht. Wir müssen Schluss machen, ich bin nicht allein. (…) Yeah Baby!

Jetzt zieh dir was an, geh an die frische Luft, lenk dich irgendwie ab. In zwei Stunden bin ich bei dir und wir können genau da weitermachen, wo wir heute morgen aufgehört haben. (…) Ich dich auch. Bis heute Abend, Kleines.

So, wo waren wir stehen geblieben, Jacques? Ach ja, beim Finale unseres kleinen Theaterstückes.

Klient: Wollen Sie das wirklich, Karl?

Detektiv: Wie bitte? Ich verstehe nicht …

Klient: Dass ich diese kleine Schmierenkomödie so an Ihre Exfrau weitergebe? Soll Sie wirklich erfahren, wie verzweifelt Sie über die Trennung sind? So verzweifelt, dass Sie in meiner Gegenwart einen Telefondialog-Fake inszenieren, der klingt wie ein Ausschnitt aus einem italienischen Achtzigerjahre-Porno? ›Kleines, Schätzchen, Honey, Yeah Baby‹ – Sie sollten sich einen Schnauzbart wachsen lassen!

Detektiv: Ach, Sie denken, ich hätte das Telefonat gerade inszeniert? Nur kein Neid auf mein neues, abwechslungsreiches Sexualleben, mein lieber Jacques! Gott, wenn ich früher gewusst hätte, wie unverkrampft und freizügig sich diese jungen Dinger heute im Bett bewegen, hätte ich meiner Ex schon viel eher den Laufpass gegeben. Mein Gott, Jacques, ich fühle mich wie siebzehn! Ist das nicht fantastisch? Mal ganz abgesehen davon, dass mein Rosenkrieg gerade einen ganz neuen Dreh bekommt. Einen Dreh, von dem Sie ausnahmsweise mal nichts wissen! Ach, ich könnte die ganze Welt umarmen. Oh, das scheint ausnahmsweise mal Ihr Handy zu sein. Wollen Sie nicht drangehen?

Klient: Wenn Sie kurz entschuldigen.

Hallo? (…) Ah, du bist es. (…) Nein, das ist im Moment ganz schlecht. (…) Nein, das geht jetzt wirklich nicht. (…) Du musst dir überlegen, wie viel Energie du in diese Geschichte stecken willst. (…) Ist es das wirklich wert? Zieh besser einen Schlussstrich. (…) Es geht um deine Zukunft und dieser Typ ist mit Sicherheit nicht Teil dieser Zukunft. (…) Die Geschichte wiederholt sich, wir haben das schon x-mal besprochen. Du musst das jetzt durchziehen, auch wenn es wehtut. (…) Natürlich war das dumm von dir, aber er ist ja nicht ernsthaft … Ich meine, er wird drüber wegkommen. (…) Genau. Lass uns doch in einer Stunde noch mal telefonieren. (…) Ich dich auch, Tschüss.

Entschuldigen Sie die Unterbrechung, Karl. Meine Tochter. Hat sich mal wieder völlig gedankenlos in eine Affäre gestürzt. Wieder so eine absehbare Geschichte mit einem Typ, der fast dreißig Jahre älter ist als sie. Genauso ein Idiot wie Sie, der denkt, er könnte die Zeit noch mal zurückdrehen, wenn er mit einer Jüngeren ins Bett geht. Aber sie lernt nicht draus. Eigentlich sollte sie solche Sachen mit ihrer Mutter besprechen. Ist doch ein klassisches Thema für Frauengespräche. Sie schauen so misstrauisch drein, Karl. Und warum rücken Sie mir wieder so dicht auf die Pelle? Habe ich etwas Falsches gesagt?

Detektiv: Geben Sie mir Ihr Handy, Jacques.

Klient: Warum um Himmels willen sollte ich das tun?

Detektiv: Ich will die Nummer zurückrufen, von der Sie gerade angerufen wurden.

Klient: Was geht Sie meine Tochter an? Halten Sie sich da raus.

Detektiv: Ich will gar nicht mit Ihrer Tochter telefonieren. Ich will einfach nur hören, ob sie drangeht. Los, geben Sie her.

Klient: Einen Teufel werde ich tun. Ich lasse mich von Ihnen nicht unter Druck setzen. Meine Familie geht Sie nichts an.

Detektiv: Sie geben mir Ihr Handy nicht, weil Sie gerade mit meiner Ex telefoniert haben.

Klient: Um ihr in Ihrer Anwesenheit Tipps für Ihre Trennung zu geben? Absurd.

Detektiv: Genau das hat Sie gereizt.

Klient: Sie sind paranoid. Auf die Gefahr hin, mich zu wiederholen, Karl: Auf diesem Planeten passieren Dinge, die nichts mit Ihnen zu tun haben. Scheint so, als würde es Ihnen sehr schwerfallen, diese Tatsache zu akzeptieren.

Detektiv: Beweisen Sie mir, dass ich paranoid bin. Geben Sie mir Ihr Handy.

Klient: Niemals. Da würde ich dem Affen in Ihrem Kopf nur Zucker geben. Als Nächstes würden Sie meine gesammelten Telefonabrechnungen der letzten sechs Monate, meine Kontoauszüge und meine Einkaufsquittungen für den gleichen Zeitraum einfordern. Ich lasse mich von Ihnen nicht terrorisieren. Sie müssen mit Ihren Wahnvorstellungen schon selbst fertigwerden. Andererseits – quid pro quo. Ich gebe Ihnen mein Handy, und Sie mir Ihres zur Kontrolle. Wollen wir doch mal sehen, ob diese kleine Lolita, mit der Sie eben Telefonsex hatten, tatsächlich existiert.

Detektiv: Das geht leider nicht. Unmöglich.

Klient: Ah, Sie haben Angst, ich könnte mit der Kleinen flirten am Telefon. Das potentere Männchen könnte Ihnen ein weiteres Weibchen wegnehmen?

Detektiv: Potenter? Lächerlich. Sagen Sie, Jacques: Wie finden Sie den Sex mit meiner Ex? Ich fand es immer etwas enttäuschend, so, als würde man einen Porsche mit angezogener Handbremse fahren.

Klient: Meist liegt es ja am Musiker, wenn aus dem Instrument nicht der rechte Ton kommt. Gleichwohl geben die meisten nach dem Konzert dem Instrument die Schuld.

Detektiv: Ah, unser Jacques präsentiert sich als großer französischer Liebhaber …

Klient: Das haben Sie gesagt. Sie werden es mir übrigens nicht glauben, Karl. Aber nach der ersten Nacht mit ihr – ein phänomenales Erlebnis übrigens, Ihre Exfrau wirkte sexuell ja regelrecht ausgehungert –, sagte sie mir, das wäre der beste Sex gewesen, den sie in den letzten zwanzig Jahren hatte.

Detektiv: Sie haben recht, ich glaube Ihnen nicht.

Klient: Dachte ich mir. Mehr noch: Sie schilderte mir beim Frühstück explizit und detailliert, *was* Sie alles im Bett falsch gemacht haben. Und bevor Sie jetzt wieder ausrasten und mich bedrohen: Ich habe ihr überhaupt keine Fragen stellen müssen, es sprudelte alles aus ihr heraus, wie ein Wasserfall! Unglaublich spannend, wenn Sie mich fragen! Sie fand es zum Beispiel extrem nervend, wenn Sie beim Vorspiel an ihren Ohrläppchen herumknabberten. Und ich glaube nicht, dass es eine gute Idee war, ihr regelmäßig bei der Aufwärmphase in die Brustwarzen zu zwicken. Und dann diese Klapse auf die Pobacken! Mein Gott, Karl! So was kann man doch mit einer erwachsenen und intelligenten Frau nicht machen. Da war noch viel mehr, ich habe mir sogar ein paar Notizen gemacht. Warten Sie mal, was habe ich mir da denn aufgeschrieben, der Zettel muss hier in meiner Hosentasche ... Ach, da habe ich ihn.

Detektiv: Unverschämtheit. Das haben Sie sich doch alles zusammenfantasiert.

Klient: Ich sage Ihnen die reine Wahrheit und gebe Ihnen so die Chance, aus Ihren Fehlern zu lernen. Na ja, soweit Ihnen das möglich ist, jedenfalls. Manche Ihrer sexuellen Defizite resultieren ja aus natürlichen, quasi biologischen Grenzen. Da kann man dann nicht viel machen.

Detektiv: Was wollen Sie damit sagen?

Klient: Na ja, von all diesen abtörnenden Machopraktiken mal abgesehen, fühlte sie sich unbefriedigt, weil … Ich weiß wirklich nicht, ob ich Ihnen das sagen sollte.

Detektiv: Wenn nötig, prügele ich es aus Ihnen heraus. Also raus damit.

Klient: Sie versprechen mir, nicht auszurasten, wenn ich es sage?

Detektiv: Ich verspreche Ihnen, Sie nicht hier rauszulassen, *bevor* Sie es sagen.

Klient: Na ja, wie soll ich das erklären – Sie ist einfach der Überzeugung, dass Sie unterdurchschnittlich ausgestattet sind. Untenrum. Sie verstehen, was ich meine? Size matters – das alte Lied. Der Fuß muss den Schuh ausfüllen.

Detektiv: Während der Schöpfer *Sie* natürlich angemessen ausgestattet hat?

Klient: Sie bestehen auf einem direkten Vergleich?

Detektiv: LASSEN SIE DIE HOSE ZU UND SETZEN SIE SICH WIEDER!

Klient: Mein Gott, Karl, Sie haben ja fast Schaum vorm Mund vor Wut! Und das nur wegen diesem kleinen Unterschied. Sie haben gerade einer der Urängste aller Männer ins Gesicht geschaut – der Angst, eine Frau nicht auszufüllen. Erinnern Sie sich an unsere kleine

Wette? Ich habe Ihnen gerade einmal mehr bewiesen, dass auch Sie ein Unterbewusstsein haben. Was um Himmels willen … Warum ist es auf einmal so dunkel? Ist da vielleicht eine Sicherung rausgesprungen?

Detektiv: Ganz ruhig. Bleiben Sie sitzen, Jacques. Da drüben in der Abstellkammer ist der Sicherungskasten, ich taste mich mal vor.

(…)

Klient: Karl?

Detektiv: Was ist los, Jacques?

Klient: Gott sei Dank, Sie sind noch da. Vor einer halben Ewigkeit kündigten Sie an, den Sicherungskasten zu suchen. Seitdem habe ich keinen Laut von Ihnen gehört.

Detektiv: Ich bin eben ein Schleichjäger, Jacques. Eine Raubkatze.

Klient: Karl, Sie sollen diesen verdammten Sicherungskasten nicht *jagen*, Sie sollen ihn einfach nur finden. Finden, öffnen und diesen verdammten Schalter wieder umlegen. Versuchen Sie doch nicht, aus jedem Mist großes Kino zu machen.

(…)

Klient: Karl, verdammt noch mal! Sprechen Sie mit
            mir. Wo sind Sie jetzt?

Detektiv: Hier.

Klient: SCHEISSE!

Detektiv: Was ist los, Jacques?

Klient: Ich dachte, Sie wären da drüben auf der ande-
            ren Seite des Raumes, und plötzlich flüstern
            Sie mir direkt ins Ohr! Ich hatte fast einen
            Herzstillstand.

Detektiv: Spüren Sie das, Jacques?

Klient: Was soll ich spüren? Und würden Sie *bitte*
            etwas mehr Abstand halten? Ich kann sogar
            Ihre Whiskyfahne riechen.

Detektiv: Wie die Sinne sich schärfen in der Dunkel-
            heit. Ihr Gehör registriert plötzlich die lei-
            sesten Geräusche, ihr Körper die schwächs-
            ten Erschütterungen, die Nase jede Spur eines
            Geruches. Unser Stammhirn schaltet bei Fins-
            ternis innerhalb von Sekunden um auf den
            Überlebensmodus. Das Tier in uns wird
            wach.

Klient: Unsinn, wir sind hier nicht im Dschungel,
            sondern in Darmstadt. Warum kommt Ihre
            Stimme eigentlich von links, wenn ich mich

recht erinnere, ist diese Abstellkammer auf der anderen Raumseite. VERDAMMT, KARL! WAS HALTEN SIE MIR DA AN DIE SCHLÄFE?

Detektiv: Den besten Waffenstahl, den Southport/Connecticut zu bieten hat. Die Mündung meiner Ruger. Können Sie sich vorstellen, was von Ihrem Akademikerschädel übrigbleibt, wenn ich jetzt den Abzug durchziehe? Wenn Sie einen Mann erniedrigen, dann gehen Sie nie zu weit, Jacques. Manche Grenzen sollten Sie nicht überschreiten.

Klient: Das ist nicht witzig, Karl. Das ist Nötigung. Geben Sie es zu: Sie haben den Strom abgestellt. Sie haben unter Ihrem Schreibtisch irgendeinen Zentralschalter. Ich durchschaue Sie.

Detektiv: Sie mögen im intellektuellen Duell als Sieger den Ring verlassen. Aber hier im Dschungel stehe ich an der Spitze der Nahrungskette. Treiben Sie es also nicht zu weit, Jacques. Reizen Sie das Raubtier nicht.

ZWEITES ZWISCHENSPIEL

Alfonse Antolini schloss die Tür hinter sich ab und blieb einen Moment vor seiner Praxis im Treppenhaus stehen. Er rekapitulierte die Sitzung mit O, Minute für Minute, mit der Präzision einer Videoaufnahme. Schon die Begrüßung, der Händedruck, der Blick – alles war anders gewesen diesmal. Bedeutungsvoller. Endgültiger. In dieser Sitzung hatte sich der Analytiker gefühlt wie ein Bildhauer, der die letzten Male den Meißel an einer steinernen Skulptur ansetzt, von Sorge darüber erfüllt, mit einem unvorsichtigen Schlag das Meisterwerk kurz vor der Vollendung zu zerstören. Und O war sein diabolisches Meisterwerk.

Den größten Teil der fünfzigminütigen Sitzung hatten sie schweigend verbracht. Kein angespanntes, unangenehmes Schweigen. Eine friedliche, harmonische Stille, wie sie nur zwischen sehr vertrauten Menschen existierte. O hatte einige Motive aus seiner Kindheit angedeutet, Erlebnisse, die er bereits in den ersten Behandlungsstunden ausführlich geschildert hatte. Erlebnisse, die beide in den letzten Monaten wieder und wieder aus unterschiedlichsten Perspektiven durchgearbeitet hatten. Für Antolini waren sie längst so vertraut, als gehörten sie zu seiner eigenen Kindheit. Aber diesmal schien O kein Interesse daran zu haben, seine Erinnerungen erneut zusammen mit dem Analytiker zu deuten. Er hatte sie so erwähnt, wie man einem alten Freund gegenüber die gemeinsame Vergangenheit noch einmal beschwört. Einem Freund, von dem man Abschied nehmen muss. O nahm Abschied. Von Antolini – und von sich selbst.

Der Analytiker spürte, dass dies wahrscheinlich der letzte Besuch seines Patienten gewesen war. Er wusste, dass er mit O jetzt eine Grenze überschritten hatte, hinter der es für beide kein Zurück mehr gab. Und er war dankbar dafür, dass er während der letzten Sitzung kaum reden musste. Nicht weil es ihm schwergefallen wäre, seine Trauer über den bevorstehenden Abschied zu verbergen. Sondern weil ihm schon während der Sitzung ganz andere Dinge durch den Kopf gegangen waren. Sehr profane, praktische Fragen. Er hatte unzählige Varianten für den möglichen Verlauf der folgenden Tage durchgespielt, Prognosen und Wahrscheinlichkeiten für Os Verhalten aufgestellt, sie sofort wieder verworfen, versucht, alle Unwägbarkeiten im Geiste durchzuexerzieren, Umleitungen zu skizzieren, wo der geplante Streckenverlauf seines Planes plötzlich gesperrt sein konnte. Denn das Fundament seines Vorhabens war das, was man in der Mathematik als eine Gleichung mit sehr vielen Unbekannten bezeichnete. Die Wahrscheinlichkeit, dass seine Strategie fehlschlug, war um Größenordnungen höher als die für einen Erfolg. Aber die Hoffnung starb zuletzt.

Vorsichtig machte er sich an den Abstieg, Stufe für Stufe, die Füße mit Bedacht setzend, als vollführte er eine Yoga-Übung. Jetzt, nach all der akribischen Planung und Vorbereitung und kurz vor dem Ziel, die Treppe hinunterzustürzen und sich das Genick zu brechen, wäre zu dämlich gewesen. Er setzte die innere Wiedergabe fort. Da war diese seltsame Situation gewesen, circa zwanzig Minuten, nachdem sie begonnen hatten. Antolini war aus seinen Gedanken aufgeschreckt, weil O schon längere Zeit nicht mehr gesprochen hatte. Wie lange hatte O schon geschwiegen? Hatte Antolini vielleicht eine Frage seines Patienten überhört, der jetzt geduldig auf Antwort wartete? Eine existenzielle Frage vielleicht, für deren Beantwortung eine etwas längere Bedenkzeit mehr als plausibel erschien? Nichts hatte geholfen – außer einer Entschuldigung für seine Unaufmerksamkeit und einer Nachfrage. O hatte gekränkt reagiert, sein Körper hatte sich auf der Couch verkrampft. Im Nachhinein verfluchte sich der Analytiker. Er war durch diese Nachlässigkeit auf dem besten Wege gewesen, die Arbeit von Monaten zu zerstören. Os Depression und Resignation waren kurz davor gewesen, in Wut umzuschlagen. Und wütende Menschen wollten vor allem eins – leben. Doch O hatte sich wieder entspannt und seine Frage wiederholt.

Antolini erreichte den zweiten Stock und atmete kurz durch. Er rief sich noch einmal die Frage und den anschließenden kurzen Dialog in Erinnerung, Wort für Wort.

»Ich fragte, ob Sie daran glauben, dass wir uns wiedersehen werden?«

»Sie meinen – auf der anderen Seite?«

»Ja, natürlich.«

»Wie Sie wissen, bin ich kein religiöser Mensch, mein lieber O. Ich bin eher den Naturwissenschaften zugeneigt. Und aus wissenschaftlicher Sicht bestehen wir Menschen aus nichts als einer unglaublichen Menge ungeheuer komplex arrangierter Informationen. Sie sind Ingenieur, Sie haben sicher schon mal etwas vom Energieerhaltungssatz gehört. Und so wie es unmöglich ist, die in einem System enthaltene Energie zu vernichten, so ist es auch unmöglich, Information einfach so zu zerstören. Das, was Sie und mich ausmacht, muss also in irgendeiner Form über unseren Tod hinaus weiterexistieren. Und interagieren.«

Eine der beiden Wohnungstüren öffnete sich ein wenig, Antolini schreckte auf. Der Mieter hatte das Licht in seiner Wohnung ausgemacht, in dem dunklen Spalt war nichts zu erkennen. Dem Analytiker wurde schlagartig bewusst, dass er seinen kurzen Monolog nicht nur Silbe für Silbe erinnerte, sondern laut mitgesprochen hatte. Verdammte Selbstkontrolle. Wenn das so weiterging, würde er morgens irgendwann in Unterhosen das Haus verlassen. Er ignorierte den Lauscher und setzte seinen Abstieg fort. War seine Antwort auf Os Frage angemessen gewesen? Mit einer quasi-religiösen Vision einer Begegnung im Jenseits hätte er sich unglaubwürdig gemacht. Mit einer Leugnung des Jenseits hätte er O womöglich veranlasst, sein Verweilen im Diesseits noch etwas auszudehnen. Die etwas verquaste naturwissenschaftliche Argumentationslinie war ein fauler Kompromiss gewesen, aber O hat ihn allem Anschein nach geschluckt.

Er stand jetzt im ersten Stock und gönnte seinen geschwollenen Beinen eine kurze Auszeit. Jetzt hing alles davon ab, ob er rechtzeitig nach Hause in seine improvisierte kleine Kommandozentrale kam. Er musste Os Aktivitäten ab sofort lückenlos überwachen. Im Gegensatz zu seinem Patienten hatte sich Antolini nie für Technik interessiert. Die notwendigen Fertigkeiten und Kenntnisse hatte er sich in den vergangenen Monaten angeeignet. Mit seinem autodidaktischen Expresskurs in Nachrichten- und Überwachungstechnik hatte er sich innerhalb kürzester Zeit für eine lukrative Geheimdienststelle qualifiziert. Es war alles eine Frage der Motivation – und wer konnte besser motivieren als der Mann mit der Sense, der immer wieder drohend an die Tür klopfte?

Natürlich nahm er für Os Observation außerhalb von dessen Wohnung die Dienste einer Detektei in Anspruch. Ein etwas heruntergekommener, alkoholkranker Kommissar im Vorruhestand übernahm die Überwachungs-leistungen, zu denen Antolini wegen seiner Konstitution nicht mehr in der Lage war. Der Detektiv kannte weder die Gründe für die Observation noch Antolinis wahre Identität, und so sollte es auch bleiben. Doch der Ana-lytiker musste im Umgang mit seinem Dienstleister Vor-sicht walten lassen. In dessen Brust schien immer noch das alte Ermittlerherz zu schlagen, er interessierte sich immer wieder für Dinge, die nichts mit seinem klar abge-grenzten Aufgabengebiet zu tun hatten.

Stellte dieser Schnüffler ein Sicherheitsrisiko dar? Fühlte er sich über sein Honorar hinaus auch Recht und Gesetz noch verpflichtet? Antolini schob alle Bedenken beiseite. Exkommissar hin oder her – gelang sein Vorha-ben, war die Wahrscheinlichkeit, entdeckt zu werden, fast gleich null. Sicher, da existierte die theoretische Möglich-keit, dass O private Aufzeichnungen über die Behand-lung führte oder mit einem Freund oder Bekannten über Details aus der Analyse sprach. Antolini hatte diese Mög-lichkeiten mehrfach während der Analyse thematisiert und nie einen Hinweis von O erhalten, der solche Akti-vitäten bestätigen würde. Und wenn solche Aufzeich-nungen oder Mitwisser tatsächlich existierten, waren sie juristisch vollkommen irrelevant. Sie spiegelten nicht mehr wider als die verzerrte Realitätswahrnehmung eines psychisch kranken Menschen. Und selbst wenn, dachte Antolini. Er würde jeden Preis zahlen, um nur wenige Jahre zusätzliche Lebenszeit zu gewinnen. Auch wenn er sie in einer kleinen Zelle verbringen musste.

Antolini erreichte das Erdgeschoss, schlurfte durch den Hausflur und trat durch die schwere Holztür auf den Bürgersteig. Die kühle Abendluft wirkte auf seinen Kopf wie eine kalte Dusche. Die Gedanken an die Unwägbarkeiten seines Planes waren wie weggeblasen und machten Platz für eine verloren geglaubte Instanz seiner Seele. Noch einmal meldete sich mit Macht sein Gewissen zurück. Mit dem, was er tat, verriet er alles, wofür er mit seinem Namen in fast einem Vierteljahrhundert analytischer Arbeit eingestanden hatte. Er trat sein Berufsethos mit Füßen und benutzte die Psychoanalyse, dieses reine und unschuldige Kind der Erkenntnis und Aufklärung, als Waffe für seinen persönlichen Überlebenskampf. Aber meldete sich in diesen schweren Selbstvorwürfen nicht der Narzisst in ihm? War ein Mensch, der so schwere Schuld auf seine Schultern lud, nicht eitel herausgehoben aus der Masse der durchschnittlichen Sünder? Und war es nicht immer schon anmaßend und bevormundend von ihm gewesen, einem Suizidgefährdeten die Entscheidung zum Leben als die richtige anzuempfehlen? War die Entscheidung, freiwillig aus dem Leben zu gehen, nicht genauso richtig und gerechtfertigt wie die weiterzuleben? Wer war er, darüber zu urteilen, ob das seelische Leid eines am Leben verzweifelnden Menschen tatsächlich zumutbar war?

Antolini schüttelte den Kopf, um die fruchtlose Reflexion aus seinen Hirnzellen zu vertreiben, und wendete auf dem Bürgersteig nach links, um den Heimweg anzutreten. Erst jetzt sah er die dunkle Gestalt, die neben der Eingangstür an der Putzfassade lehnte. Es war O.

DRITTER AKT

1

Klient: Eigentlich hatte ich mir fest vorgenommen, Sie nicht mehr zu besuchen, Karl. Ich halte Sie für unberechenbar und unkontrollierbar. Sie sind ein Choleriker, ein Lügner und Betrüger. Ich gebe zu, ich habe mit dem Gedanken gespielt, zur Polizei zu gehen, nachdem Sie mich mit Ihrer Waffe bedrohten. Und ich habe diese Idee noch nicht völlig verworfen. Und darüber hinaus werde ich Ihnen eine Zivilklage an den Hals hängen. Sie haben meinen Auftrag unter Vorspiegelung falscher Tatsachen bearbeitet.

(...)

Was ist los mit Ihnen, Karl. Was sagen Sie zu Ihrer Rechtfertigung? Warum reden Sie nicht mit mir? So nachdenklich, wie Sie da am Fenster stehen, habe ich Sie noch nie erlebt. Fast depressiv. Als wollten Sie gleich hinausspringen.

Detektiv: Die Lektorin, der ich mein Manuskript vorgestellt habe ...

Klient: Was ist mit ihr?

Detektiv: Der Verleger, für den Sie arbeitet, verlegt der auch Ihre Bücher?

Klient:	Und wenn schon, was spielt das für eine Rolle?
Detektiv:	Und diese Dame lektoriert auch Ihre Manuskripte?
Klient:	Ich weiß jetzt wirklich nicht, warum das so wichtig ist.
Detektiv:	Sie haben mit ihr gesprochen, nachdem Sie sie mir empfohlen haben?
Klient:	Schon möglich, vielleicht. Wir telefonieren alle paar Tage miteinander.
Detektiv:	Und Sie haben ihr meinen Anruf angekündigt.
Klient:	Mag sein, dass Ihr Name mal fiel. Na und? Ein erfolgreicher Autor empfiehlt seinem Verlag ein Nachwuchstalent. Ein alltäglicher Vorgang, jeder angehende Schriftsteller wäre dankbar für so eine Starthilfe. Warum haben Sie damit ein Problem?
Detektiv:	Ich habe mir diesen Vertragsentwurf mal genauer angesehen. Die wollen mein Manuskript mit einer lächerlichen Auflage von 500 Stück in der Edition ›Super-Sparpreis-Spannung‹ verramschen. Da stehe ich dann im Hochregallager zwischen Titeln wie ›Geisterjäger Brent Baxter‹ und ›Dompropst Lang-

enhövels achter Fall‹. Ganz zu schweigen von der Tatsache, dass diese Machwerke nicht mal im Buchhandel stehen, sondern als Danke-schön-Prämien an neue Abonnenten von Yel-low-Press-Heftchen versendet werden.

Klient: Sie sind undankbar. Viele große Autorenkar-rieren haben so angefangen. Meinen Sie denn, *ich* wäre gleich auf Platz eins der Beststeller-liste eingestiegen?

Detektiv: Sie wollten mich erniedrigen. Das war Ihr Ziel. Sie haben mit Ihrer Lektorin vereinbart, mir erst Hoffnungen auf einen seriösen Autoren-vertrag zu machen und mir dann so richtig eins reinzuwürgen.

Klient: Man kann es Ihnen einfach nicht recht machen, Karl. Ich bereue, in dieser Sache aktiv gewor-den zu sein. Ich hätte mich besser komplett rausgehalten.

Detektiv: Wie auch immer, einen Vorteil hatte diese Aktion. Ich komme jetzt Ihrer realen Iden-tität auf die Spur. Das komplette Belletristik-programm dieses Verlages habe ich mir vor-genommen und nach dem Ausschlussverfah-ren – Alter, Geschlecht, Präsenz des Autors in der Öffentlichkeit – einen nach dem ande-ren aussortiert. Bis nur einer übrig blieb. Sie. Sie sind Ignatius J. Reilly. Besser gesagt: Sie schreiben unter diesem Pseudonym.

Klient: Mal abgesehen von Ihrem rätselhaften Aus-
            schlussverfahren – das ist definitiv zu viel der
            Ehre, Karl. Warum bin ich nicht gleich Pat-
            rick Süsskind, von dem zirkulieren auch keine
            Fotos in der Öffentlichkeit.

Detektiv: Leugnen Sie nur. Ich gehe Ihnen nicht mehr
            auf den Leim. Ihre größten Erfolge hatten Sie
            mit der Krimireihe um den Psychoanalytiker
            Alfonse Antolini. Ich habe mir diese Antoli-
            ni-Romane in den letzten Tagen genau ange-
            sehen.

Klient: Jetzt kommt sicher die Rache für meinen
            ›Amok‹-Verriss. Seien Sie bitte nicht ganz so
            streng mit Reilly, Karl.

Detektiv: Diese Antolini-Geschichten haben alle die glei-
            che Grundkonstellation. Sie sind Kammer-
            spiele. Zweipersonenstücke. Und sie spielen
            ausschließlich im Behandlungsraum des Ana-
            lytikers. Der ganze Plot entwickelt sich aus
            dem Dialog des Arztes mit seinem Patienten.

Klient: Dann hätte Reilly an unseren kleinen Sit-
            zungen hier in Ihrer Detektei sicher großen
            Spaß, finden Sie nicht? Fast eine Steilvorlage
            für einen neuen Antolini-Fall.

Detektiv: In Ihren Fanblogs wird spekuliert, Sie wür-
            den zu Recherchezwecken gerne *undercover*
            operieren, fremde Identitäten annehmen.

Klient: Was Spekulationen ja vor allem auszeichnet, ist ihr spekulativer Charakter! Jetzt haben Sie Ihre Theorie übrigens selbst ad absurdum geführt, denn ich habe mich Ihnen gegenüber ja bereits als Autor offenbart. Reilly hätte das sicher nicht gemacht.

Detektiv: Allerdings erst, nachdem ich Ihre Tarnidentität systematisch durchlöchert habe! Aber bleiben wir bei Ihrem Protagonisten. In Antolinis letztem Fall – er erschien vor einem Jahr – dichteten Sie ihrem Helden zum Finale eine unheilbare Herzinsuffizienz an. Und ohne sein zu erwartendes Ableben explizit zu beschreiben, reichte die bloße Andeutung, um in der Reilly-Fangemeinde einen Sturm der Entrüstung auszulösen. Ihr Verleger muss Sie mit Goldbarren beworfen haben, damit Sie diese Figur genesen lassen. Ich gebe offen zu: Ich beneide Sie um Ihren Erfolg mit diesem Protagonisten.

Klient: Nicht so bescheiden, Karl! Warum sollte sich Ihr Superheld Vince Stark nicht genauso gut entwickeln?

Detektiv: Sie haben völlig recht. Und Sie hatten auch recht mit Ihrer Anregung, die dunklen Seiten meiner Figuren stärker zu betonen.

Klient: Und? Haben Sie schon eine Idee, wie Sie das umsetzen wollen?

Detektiv: Die Geschichte mit Ihrer Tochter geht mir nicht aus dem Kopf, Jacques. Sie erinnern sich? Ihre lustvolle Bereitschaft, sich Männern hinzugeben, von denen jeder ihr Vater sein könnte. Diese wilde ...

Klient: Gut, gut, Karl. Die Details hatten wir schon durch. Wie wollen Sie diese Inspiration verwerten?

Detektiv: Indem ich Olivia Spirelli mit Earl Grey ins Bett schicke. Sie geht auf seine schmierigen Avancen ein und lässt sich von ihm vögeln.

Klient: Das ist absurd. Sie ist jung, schön und sympathisch, er ist alt, unansehnlich, machtgeil und korrupt.

Detektiv: Genau aus diesem Grund, Jacques! Denken Sie an Ihre Tochter! Es steigert ihre Lust, sich einem Mann nicht nur hinzugeben, sondern dabei auch noch Ekel zu empfinden. Mit einem attraktiven, durchtrainierten, virilen und potenten Endzwanziger wie Vince Stark ins Bett zu gehen, empfindet sie zwar als durchaus angenehm, aber auch als allzu selbstverständlich und langweilig. Sie fühlt sich erregt vom Morbiden, von Earl Greys hemmungsloser, geifernder, geradezu verzweifelter Altersgeilheit, gebremst nur durch die nachlassende Potenz, den unweigerlichen Tribut ans Altern. Sie forderten mich doch selbst auf, die dunklen Seiten von Vince Stark herauszuarbeiten. Warum nicht ebenso die von Olivia Spirelli?

Klient: Ihnen ist bewusst, dass Sie damit die Genregrenzen komplett sprengen? Bis dato hatte Ihre Story ein klassisches, konservatives und bewährtes Setting: Tough boy meets beautiful, innocent girl, both coming into trouble and out again. Sie haben Ihre Hauptdarstellerin unwiderruflich beschmutzt. Das bringt Ihren kompletten Plot durcheinander, Karl. Die zwei Erzfeinde landen gemeinsam im Bett? Steigt die Spirelli jetzt gar bei HeinerChem Industries ein?

Detektiv: Ach was! Die beiden bekämpfen sich nach wie vor bis auf Messers Schneide, wenn sie nicht gerade ficken! Das macht doch den Charme der Idee aus. Olivia hat die beneidenswerte Fähigkeit, ihr Weltrettungsengagement von ihren morbiden Leidenschaften innerlich komplett zu trennen. Während der alte Earl die Illusion hat, er hätte sie jetzt eingewickelt und unschädlich gemacht, kann sie ihm von hinten umso tiefer den Dolch in den Rücken jagen.

Klient: Ich gebe zu, je länger ich drüber nachdenke, umso mehr kann ich mich mit der Idee anfreunden. Respekt, Karl. Für den einen oder anderen Leser vielleicht etwas verstörend, aber originell. Sie unterlaufen geschickt die Erwartungen. Sie eröffnen für die Ausgestaltung der Spirelli-Figur völlig neue Perspektiven. Statt einer etwas drögen und absehbar positiv besetzten Öko-Aktivistin könnten Sie aus ihr eine gewissenlose, publicity- und karrieregeile Greenpeace-Funktionärin machen ...

Detektiv: ... und so den Ökothriller in einen – viel originelleren – Anti-Ökothriller verwandeln! Und jetzt kommt der Clou. Als sie sich zum dritten oder vierten Mal vom alten Earl auf dessen Schreibtisch bügeln lässt, vergisst sie, vorher das Mikrofon auszuschalten, mit dem Vince Stark die Gespräche der beiden abhört.

Klient: Oh Gott. Den Rest kann ich mir fast schon denken.

Detektiv: Genau wie bei Ihrer sechzehnjährigen Tochter und dem Typ mit der Lederjacke! Die Spirelli schreit beim Sex: ›Nein, nein!‹, und meint: ›Ja, ja!‹, Vince Stark versteht nur: ›Hilfe, Hilfe!‹, stürmt mit voller Kampfausrüstung das Werksgelände der HeinerChem Industries, um die vermeintlich unschuldige Olivia aus den Klauen des geilen alten Sackes zu befreien, dessen Leibgarde ... Na ja, den Rest können Sie sich denken, Jacques. Schießereien, explodierende Labore und Chemietanks, Verfolgungsjagden mit Gabelstaplern – Genrestandards eben. Und ich habe noch mehr vor.

Klient: Erzählen Sie, ich kann's kaum erwarten!

Detektiv: Sie erinnern sich an den korrupten Darmstädter Oberbürgermeister, diesen Gordon
Bleu?

Klient: Selbstverständlich! War doch meine Idee!

Detektiv: Er hat eine homoerotische Beziehung mit
Vince Stark.

Klient: Puh, das ist starker Tobak. Mir ist etwas
schwindlig. Haben Sie noch einen Whisky?
Kann ich mal das Fenster öffnen?

Detektiv: Seien Sie ehrlich, Jacques. Sie finden, ich habe
die Story damit überfrachtet.

Klient: Nein, nein, überhaupt nicht! Ich brauche nur
ein paar Sekunden, um mich mit diesem radi-
kalen Ansatz anzufreunden. Sie lullen den
Leser anfangs ein, indem Sie alle Genrekon-
ventionen bedienen, um dann im Schlussbild
die ganze Welt in Perversion und Fleischeslust
untergehen zu lassen. Sodom und Gomorrha.
Das hat Verve. Respekt.

Detektiv: Aber Sie wirken so nachdenklich, Jacques.

Klient: Weil ich überlege, wie man diese Schraube
noch eine Umdrehung weiterdrehen kann. Ich
glaube, ich habe da eine Idee. Huch, es klopft
an Ihrer Tür, erwarten Sie Besuch?

Detektiv: Nein. Sicher jemand, der sich in der Etage geirrt hat.

Klient: Hm. Es klopft schon wieder. Klingt hartnäckig.

Detektiv: Und ich werde das hartnäckig ignorieren. Warum bleiben Sie eigentlich so entspannt und lässig, Jacques? Eigentlich müsste Ihnen doch der Angstschweiß über die Stirn laufen, es könnte sich schließlich um Welders oder seine Mutter handeln.

Klient: Vielleicht hat Ihre Konfrontationstherapie gewirkt und ich habe meine Angst besiegt. Angst hat man außerdem nur vor etwas Unbekanntem, Karl.

Detektiv: Und jetzt grinsen Sie so überheblich. Wollen Sie damit andeuten, Sie wüssten, wer da vor der Tür steht?

Klient: Selbstverständlich. Ich habe diese Zusammenkunft arrangiert. Glauben Sie wirklich, ich würde einfach so zum Spaß noch mal bei Ihnen vorbeischauen, nachdem Sie mich so belogen und mit einer Waffe bedroht haben?

Detektiv: Lassen Sie mich raten: Es ist Fliedmann, der fiktive Münchner Analytiker-Kollege, der Vater der Organspenderin.

Klient: Ach Karl, können Sie denn immer nur an die Arbeit denken? Es ist Ihre Exfrau!

Detektiv: Natürlich, meine Exfrau. Sehr gut. Respekt. Ausgezeichnet. Der hätte von mir sein können. Eins zu null für Sie. Verraten Sie mir: Wen haben Sie für diese Klopfzeichen engagiert? Den Hausmeister?

Klient: Warum nehmen Sie mich nicht endlich ernst, Karl? Und öffnen Sie ihr jetzt bitte die Tür, sonst mache ich das. Sie sind unhöflich. Haben Sie keine blasse Ahnung, wie viel Energie es mich gekostet hat, Karin zu diesem Treffen zu überreden? Nach allem, was sie mit Ihnen durchgemacht hat? Ich finde, es ist einfach an der Zeit, miteinander zu reden. Wie erwachsene Menschen. Was ist los mit Ihnen, Karl? Sie sind leichenblass. Setzen Sie sich. Warten Sie, ich gieße Ihnen schnell einen Glenfiddich ein. Ganz ruhig durchatmen. Wissen Sie was? Ich gehe kurz raus, rede mit ihr und bitte sie, in einer Viertelstunde wieder vorbeizuschauen. Derweil haben Sie Zeit, noch mal tief durchzuatmen.

Detektiv: Nein, warten Sie!

Klient: Keine Widerrede …

            (…)

Detektiv: Was hat sie gesagt, ich habe nur Ihre Stimme gehört.

Klient: Sie sagte, sie ginge noch mal um den Block und käme gleich wieder.

Detektiv: Sehr gut. Ich warte, bis sie das Gebäude verlassen hat, und haue dann ab.

Klient: Moment, Karl, das müssen Sie mir erklären. Wenn sich ein Mann mit einer abgesägten Schrotflinte Ihrem Büro nähert, ziehen Sie Ihren Revolver aus der Schublade und setzen den Dirty-Harry-Blick auf. Und wenn Ihre Exfrau mit nichts als dem Wunsch nach einem klärenden Gespräch auftaucht, verwandeln Sie sich in ein wimmerndes und winselndes Häufchen Elend? Eine Antilope auf der Flucht vor dem Löwen? Das passt nicht zusammen. Es sei denn ...

Detektiv: Es sei denn *was*?

Klient: Es sei denn, ich habe gerade mal wieder ein paar archaische Ängste in Ihnen geweckt, die tief in Ihrem Unterbewusstsein geschlummert haben. Sie erinnern sich doch an unsere kleine Wette? Ich finde unsere kleinen Spielchen sehr anregend, Karl! Aber jetzt habe ich Hunger. Da draußen vor der Tür liegen eine Capricciosa und eine Funghi. Sie haben die Wahl!

Klient: Jetzt seien Sie nicht so nachtragend. Hier bitte. Hmm, schmeckt fantastisch, die Pizza. Finden Sie nicht? Übrigens: Was halten Sie davon, wenn wir vier – Sie, ich, Karin und Ihre neue Eroberung ... Wie heißt Sie eigentlich, die junge Dame?

Detektiv: Ähm – Cécile. Cécile heißt sie.

Klient: Wenn Sie, ich, Karin und Cécile ein gemeinsames Wochenende miteinander verbringen. Wir buchen zwei Doppelzimmer in einem schönen Hotel im Elsass, begraben symbolisch die Vergangenheit und stoßen gemeinsam mit einem guten Glas Rotwein auf die Zukunft an. Ist das nicht ein guter Einfall?

Detektiv: Das halte ich für keine gute Idee. Karin ist Mitte vierzig, Cécile gerade mal Anfang zwanzig. Da ist der Zickenkrieg vorprogrammiert.

Klient: Ich bitte Sie, auch Cécile hat die Pubertät hinter sich. Vier erwachsene, zivilisierte Menschen, was soll da schiefgehen?

Detektiv: Kommen Sie, Jacques. Geben Sie sich nicht naiver, als Sie sind. Keine Endvierzigerin mit Krähenfüßen, Schlupflidern und Cellulite hält die Gegenwart eines fruchtbaren, schlanken und straffen jungen Weibchens aus, das vor Sex-Appeal fast explodiert! Außerdem wäre so ein Treffen schlecht für die Beziehung zwischen Ihnen und Karin.

Klient: Aha. Warum das?

Detektiv: Weil Sie vom ersten Moment an scharf auf Cécile wären! Sie würden natürlich versuchen, diese Gefühle vor Karin geheim zu halten, aber sie ist zu sensibel, um so was zu übersehen.

Klient: Irgendwie kriege ich das Gefühl nicht los, dass diese Cécile ein perfektes Produkt Ihrer feuchten Träume ist, Karl.

Detektiv: Und ich glaube, Sie machen sich insgeheim Hoffnungen, an diesem gemeinsamen Wochenende bei Cécile landen zu können. So, wie Sie bei meiner Exfrau gelandet sind. Schreiben Sie das ab. Cécile steht nicht auf Intellektuelle. Sie steht auf richtige Männer. Typen, die nicht gleich die weiße Fahne heben und nach Deeskalation rufen, wenn mal ein Kerl mit einer abgesägten Schrotflinte vorbeischaut.

Klient: Möglich. Aber vielleicht leidet Sie im Bett mit Ihnen unter den gleichen Defiziten wie damals Karin. Ihr Telefon ...

Detektiv: Sicher mein Anwalt, Sie entschuldigen?

Karl Rünz, hallo? (…) Ich grüße Sie, wie ist die Lage an der Front? (…) Ach! (…) Einfach so? Ohne Diskussion? Ohne Widerspruch? (…) Doch, doch. Klar freue ich mich. Kann's nur nicht so zeigen. Gute Arbeit. (…) Sicher, die Unterschriften, reine Formalie. Werde pünktlich da sein, bis morgen …

Klient: Und? Was berichtet der Frontmelder, Herr Rünz?

Detektiv: Bedingungslose Kapitulation der Gegenseite.

Klient: Hervorragend, mein Glückwunsch. Aber warum machen Sie denn ein Gesicht wie ein Landser der sechsten Armee im Kessel von Stalingrad?

Detektiv: Was? Ich? Nein, ich bin nur … Damit habe ich nicht gerechnet. Nach dem letzten Termin vor Gericht hatte sie alle Trümpfe in der Hand – dank Ihrer Hilfe! Ich hatte mich auf einen monatelangen Stellungskrieg vorbereitet.

Klient: Und da hisst Ihre Frau einfach die weiße Fahne. Spielverderberin. Das scheint Sie ziemlich aus der Bahn zu werfen.

Detektiv: Ich weiß auch nicht, eigentlich müsste mir nach Feiern zumute sein.

Klient: Herr Rünz, erlauben Sie mir, Ihnen zu erklären, warum Sie innerlich die Korken nicht knallen lassen?

Detektiv: Bitte, legen Sie los, dann hab ich's schnell hinter mir.

Klient: Die Sache ist ganz einfach: Erinnern Sie sich an Ihre Aussage vor ein paar Tagen? ›Ah, ich werde diesen Scheidungskrieg vermissen‹, mit ironischem Unterton, und stolz, weil Sie mal wieder eine kleine Schlacht gewonnen hatten? Sie wissen gar nicht, wie recht Sie hatten. Im Gegensatz zu Ihnen hat sich Ihre Frau längst seelisch aus dieser Ehe verabschiedet. Die Kapitulation zeigt, dass sie mit diesem Lebensabschnitt abgeschlossen hat und dabei ist, einen neuen zu beginnen. *Sie* aber stecken noch bis zum Hals drin! Innerlich haben Sie sich von Ihrer Frau so weit gelöst wie der Bär vom Honig. Für Sie war dieser Scheidungskrieg nichts anderes als die unterhaltsame Fortsetzung des Ehe-Alltages auf einer anderen Bühne. Ihr Unterbewusstsein hat nicht einen Moment daran geglaubt, dass dieser Streit *jemals* enden würde. Sie *wollten* gar nicht, dass er jemals aufhört. Sie wollten, dass er ewig weitergeht und Sie ständig siegen.

Detektiv: Sind Sie fertig? War's das? Und wie sieht die Therapie aus? Verschreiben Sie mir jetzt irgendwelche Antidepressiva, soll ich Yoga machen oder Nordic Walking? Wäre kein Problem, ich habe noch eine komplette Ausrüstung im Keller herumliegen.

Klient: Das mag Ihnen jetzt vielleicht etwas zu akademisch klingen, aber die angemessene Therapie nach einer Trennung sind weder Zigaretten noch Alkohol, Yoga oder eine Affäre mit einer Jüngeren. Die angemessene Reaktion ist Trauer.

Detektiv: Sie reden schon wie meine Ex. Und Sie klingen eindeutig wieder mehr nach Analytiker und nicht nach Autor. Haben *Sie* meiner Ex zum Rückzug geraten?

Klient: Gut möglich, dass ich mal laut darüber nachgedacht habe, wie Sie solch eine Geste aus der Bahn werfen könnte. Ich rede viel, wenn der Tag lang ist.

3

Klient: Wir haben ein Problem, Karl.

Detektiv: Warum wirken Sie schon wieder so gestresst, Jacques? Entspannen Sie sich doch erst mal.

Klient: Ich kann und will mich im Moment nicht entspannen. Wir müssen unbedingt …

Detektiv: Ich bestehe darauf. Zuerst müssen Sie diesen schottischen Glengyle testen. Ein stark getorfter Longrow Single Malt. Das Destillat dieses famosen Tröpfchens altert in ehemaligen Sherryfässern, ein atemberaubendes Aroma. Eine gewisse erdige Salzigkeit, die die Nuance einer Honignote einrahmt. Die Sonne geht gerade unter. Gehen wir zum Fenster, zu diesem erlesenen Stoff kommt die herrliche Abendstimmung wie gerufen.

Klient: Ich habe jetzt wirklich nicht die Ruhe, um …

Detektiv: Darmstadt. Meine Heimatstadt. Schauen Sie da drüben, der Turm der Stadtkirche, die goldenen Kuppeln des Hundertwasserhauses, der Kamin der Müllverbrennungsanlage – eine wunderschöne Skyline, nicht wahr? Stört es Sie, wenn ich einen Moment meinen Arm auf Ihre Schulter lege, Jacques? Ich habe das Gefühl, einen langen und beschwerlichen Weg mit Ihnen gemeinsam gegangen zu sein. Ich fühle mich Ihnen sehr verbunden. Und ich habe das Gefühl, Ihnen geht es nicht anders. Was ist los mit Ihnen, Jacques? Warum entfernen Sie sich von mir?

Klient: Was sollen dieses ›Arm auf die Schulter legen‹ und dieses Gesäusel? Das passt überhaupt nicht zu Ihnen. Was führen Sie im Schilde?

Detektiv: Eine rein freundschaftliche Geste. Ich verstehe nicht …

Klient: Das war definitiv keine Demonstration von Männerfreundschaft. Diese Art, wie Sie mit Ihren Fingerspitzen über meinen Rücken gestrichen haben …

Detektiv: Moment. Sie denken doch nicht etwa, ich wollte Sie *anmachen*?

Klient: Ich denke gar nichts. Ich stelle nur fest.

Detektiv: Um Himmels willen, Jacques. Nichts läge mir ferner. Ich kann mich nur wundern. Aber aus Ihrer Reaktion auf mein kameradschaftliches Schulterklopfen muss ich schließen, dass Sie … Natürlich! Jetzt wird mir klar, warum Sie so verkrampft reagierten, als ich die homoerotische Beziehung zwischen Vince Stark und Gordon Bleu erwähnte. Mein Gott, Jacques! Wenn ich das gewusst hätte. Weiß meine Exfrau, dass Sie sich auch für Männer interessieren?

Klient: Hören Sie auf mit der Schauspielerei, ich habe Sie durchschaut. Mein Gott, jetzt verstehe ich, worauf Sie abzielen. Sie haben zumindest mit der *Möglichkeit* gerechnet, ich könnte bisexuell sein. Und wenn ich davon ausgehe, dass Sie definitiv nicht schwul oder bisexuell sind, bleibt mir nur eine Erklärung für Ihren Annäherungsversuch. Also sagen Sie es mir geradeheraus: Wie weit würden Sie gehen, um Ihrer Exfrau eins auszuwischen? Würden Sie tatsächlich – als Heterosexueller – mit mir ins Bett gehen? Sitzt die Kränkung so tief?

Detektiv: Ich bitte Sie, was für eine absurde Idee. Vielleicht sollten wir besser auf Ihr eingangs erwähntes Problem zurückkommen.

Klient: *Unser* eingangs erwähntes Problem.

Detektiv: Wie auch immer, legen Sie los.

Klient: Fliedmann ist seit gestern Abend in Darmstadt. Wir haben uns heute morgen getroffen.

Detektiv: Was haben Sie ihm über Welders erzählt? Dass er ein netter, liebenswerter und sympathischer Typ ist? Ein Sozialarbeiter, der Demeter-Lebensmittel kauft und mit dem Rad zur Arbeit fährt? Der würdigste denkbare Empfänger für das Herz seiner Tochter?

Klient: So ähnlich. Das Gespräch mit meinem Freund verlief eigentlich sehr gut. Ich hatte mir ein glaubwürdiges und stimmiges Persönlichkeitsprofil für Welders ausgedacht. Liebenswürdig, humorvoll, verantwortungsvoll – ganz nach Ihren Vorgaben. Ich habe mich weit aus dem Fenster gelehnt, erzählt, ich hätte Welders nicht nur beobachtet, sondern persönlich kennen und schätzen gelernt. Fliedmann hat mir alles geglaubt, er schien unheimlich erleichtert und gerührt, hatte Freudentränen in den Augen. Ich war zum Ende unseres Treffens fest davon überzeugt, er würde dieses schwere Kapitel seines Lebens jetzt innerlich abschließen, sich in sein Auto setzen und zufrieden zurück nach München fahren. Aber dann platzte die Bombe. Er will Welders treffen.

Detektiv: Das haben Sie ihm hoffentlich ausgeredet!

Klient: Natürlich habe ich das versucht! Aber Fliedmann hat doch dieses fehlgeleitete Schreiben von ›InterTransplant‹, aus dem eindeutig hervorgeht, dass Welders aktiv nach der Identität des Organspenders sucht. Jetzt erzähle ich ihm noch, was das für ein sympathischer Mensch ist. Wie sollte ich meinem Freund glaubwürdig vermitteln, dass Welders an einer Kontaktaufnahme kein Interesse hat? Ich konnte ihm nur das Versprechen abringen, Welders auf keinen Fall ohne meine Vermittlung zu kontaktieren.

Detektiv: Hm. Ein Mensch mit jüdischem Glauben trifft sich mit dem Empfänger des Herzens seiner Tochter. Im Laufe des Gespräches stellt dieser Vater fest, dass der Organempfänger ein Nazi ist. Und der Nazi stellt im gleichen Moment fest, dass in seiner Brust das Herz einer jungen Jüdin schlägt. Ich sehe da ein gewisses Konfliktpotenzial. Andererseits sehe ich da auch eine Steilvorlage für den Showdown Ihres nächsten Antolini-Falles.

Klient: Karl, Fliedmann hat Welders' Adresse! Was sollen wir tun, wenn er sich nicht an unsere Vereinbarung hält und direkt Kontakt zu ihm aufnimmt?

Detektiv: Sie haben recht. Wie nannten Sie das neulich? Einen Catch 22. No Way out. Aber diese Suppe haben Sie sich selbst eingebrockt. Ich sehe wirklich nicht, warum ich …

Klient: Sie denken, Sie sind da fein raus? Darf ich Sie daran erinnern, was Sie Welders über seinen Organspender erzählt haben? Diesen fiktiven schwedischen Zehnkämpfer? Was meinen Sie, wie Welders reagiert, wenn er die Wahrheit erfährt? Sie können froh sein, wenn er nur sein Geld zurückfordert! Nein, Sie stecken tief mit drin. Und Sie sind der Einzige, der Welders persönlich kennt. Sie müssen mit ihm reden.

Detektiv: Um ihm *was* zu erzählen?

Klient: Denken Sie sich irgendwas aus! Dass da ein paranoider Typ rumläuft, der glaubt, Welders würde mit dem Herz seiner Tochter rumlaufen. Und dass dieser Typ wahrscheinlich versuchen wird, Kontakt mit ihm aufzunehmen.

Detektiv: Sind Sie noch zu retten? Welders ist ein aggressiver Typ, Sie wollen Ihren Freund ins offene Messer laufen lassen? Ganz abgesehen von der Frage, wie dieser seltsame Irre an die Information über die Transplantation gekommen sein soll. Nein, so läuft das nicht. Wir müssen proaktiv an die Sache rangehen – jedenfalls würde mein ehemaliger Chef das so nennen. Wir müssen dieses Treffen unter allen Umständen verhindern.

Klient: Was schlagen Sie vor? Sollen wir Welders entführen und verstecken?

Detektiv: Wir könnten jemanden engagieren, der Welders' Rolle übernimmt. Vielleicht einen jungen Schauspieler vom Staatstheater. Wir instruieren ihn präzise, bis er die fiktive Welders-Biografie, die Sie Fliedmann aufgetischt haben, komplett verinnerlicht hat.

Klient: Karl, bleiben Sie auf dem Teppich, Sie leben schon wieder in Ihrer Filmwelt! Dieser Schauspieler wird Fragen nach dem Sinn dieser ganzen Inszenierung stellen, möglicherweise wird er sofort die Polizei kontaktieren.

Detektiv: Kein Problem, das sich mit einem großzügigen Schweigegeld nicht lösen ließe. Schauspieler arbeiten für Hungerlöhne im Staatsdienst, denen ist doch jeder Nebenverdienst willkommen. Ich habe einen Plan, Jacques. Vertrauen Sie mir. Wir machen das wie Vince Stark und Olivia Spirelli.

4

Detektiv: Wie ist der Empfang, Jacques. Können Sie mich hören?

Klient: Einigermaßen. Da ist Musik im Hintergrund. Können Sie etwas lauter sprechen?

Detektiv: Wenn ich lauter rede, halten mich hier in der Bar alle für einen Irren, der Selbstgespräche führt. Aktivieren Sie die Rauschunterdrückung, das ist der dritte Schalter von links.

Klient: Einen Moment – ja, jetzt ist es besser. Karl?

Detektiv: Was ist los, Jacques?

Klient: Kennen Sie dieses Gefühl, etwas extrem Wichtiges vergessen zu haben? Sie kommen einfach nicht drauf, was es ist, aber Sie ahnen genau: Wenn es Ihnen wieder einfällt, dann wissen Sie, dass Sie ein Problem haben.

Detektiv: Hat das, was Sie vergessen haben, etwas mit unserem Einsatz zu tun?

Klient: Nicht direkt, glaube ich. Aber ...

Detektiv: Dann lassen Sie uns solche Befindlichkeitsdiskussionen auf die Nachbesprechung verschieben. Ich brauche jetzt Ihre volle Konzentration. Da nähert sich ein Typ, Anfang sechzig,

Größe circa ein Meter achtzig, blaues Sakko. Setzt sich draußen an den dritten Tisch von links. Ist er das?

Klient: Warten Sie, auf die Entfernung brauche ich das Fernglas. Ja, das ist Fliedmann! Gott, ich sterbe vor Aufregung. Und ich werde das verdammte Gefühl nicht los, dass ich irgendwas Entscheidendes vergessen habe.

Detektiv: Ganz ruhig, Jacques. Sie haben nichts vergessen. Das hier ist ein ganz normaler, exzellent vorbereiteter Feldeinsatz. Ich stehe an der Frontlinie, Sie sorgen vom Hauptquartier aus für Feindaufklärung. Beobachten Sie weiter den Straßenzug und halten Sie Ausschau nach Zietlow. Der muss jeden Moment auftauchen. Und wenn es unbedingt nötig ist, dann trinken Sie einen Whisky. *Einen*. Für die Nerven.

Klient: Sie haben recht. Bloß keine Panik. Bleibe auf Stand-by. Roger, Ende, over.

(…)

Detektiv: Jacques?

Klient: Karl?

Detektiv: Könnten Sie mir einen Gefallen tun?

Klient: Jederzeit!

Detektiv: Wissen Sie eigentlich, wie bescheuert das wirkt, wenn Sie da oben in der Detektei den riesigen Feldstecher durch die Lamellen der Jalousie stecken? Sie sehen aus wie Inspektor Clouseau bei einer Beschattungsaktion. Die Linsen reflektieren das Sonnenlicht so stark, dass ich hier unten einen Sonnenbrand bekomme. Könnten Sie einfach einen Schritt zurücktreten, während Sie nach unserem Schauspieler Ausschau halten?

Klient: *Sie* waren für das Equipment verantwortlich. Und wie ich Sie kenne, halten Sie dieses Feldstechermonster aus alten Wehrmachtsbeständen für die ideale ästhetische Ergänzung zu Ihrer Büroeinrichtung.

Detektiv: Nicht labern. Befehle ausführen, dann Meldung machen.

Klient: Sir, yes, Sir! Befehl ausgeführt. Erwarte weitere Anweisungen. Roger, Ende, over.

(...)

Karl?

Detektiv: Was ist los, Jacques. Haben Sie Zietlow entdeckt?

Klient: Negativ, Sir. Aber ich habe das sichere Gefühl, dass es mir gleich wieder einfällt.

Detektiv: Ihnen *was* einfällt?

Klient: Diese Sache, die ich vergessen habe.

Detektiv: SCHEISSE, JACQUES! Wahrscheinlich haben Sie beim letzten Drogerieeinkauf Ihr Hakle Feucht vergessen und Ihr verdammtes Unterbewusstsein fragt sich gerade, wie Sie sich heute Abend nach der Eiablage die Ritze polieren sollen.

Klient: Möglich. Aber ich glaube, es war *noch* wichtiger. Moment! Ich registriere Bioaktivität im Sektor D2. Kohlenstoff, Stickstoff – wahrscheinlich ein Humanoide. Geschwindigkeit 4,3 Kilometer pro Stunde, Vektor 312 Grad. Geschätzte Ankunftszeit null minus 32 Sekunden.

Detektiv: Zietlow?

Klient: Biometrischer Abgleich läuft – positiv!

Detektiv: Damit beginnt Phase zwei unserer Operation. Okay, jetzt sehe ich ihn auch. Der wirkt ganz entspannt, scheint ein Liedchen zu pfeifen. Sein Sender ist total übersteuert, versuchen Sie das runterzuregeln, sonst blute ich hier aus den Ohren. Der zweite Drehregler von links.

Klient: Schon erledigt! Gott, wirkt der relaxt. Als würde er shoppen gehen! Hoffentlich trägt der nicht zu dick auf.

Detektiv: Der Typ hat fünf Jahre Bühnenerfahrung,
davon drei im Improvisationstheater. Und
wir haben ihn perfekt gebrieft, der macht das
schon. Stellen Sie den vierten Schalter von
links auf Position drei und sprechen Sie kurz
zu Zietlow. (…) Okay, er gibt Handzeichen,
die Verbindung steht. Sagen Sie ihm, an welchem Tisch Fliedmann sitzt. Und nicht vergessen: Wenn der Schalter auf Position eins ist,
hört Zietlow weder Sie noch mich. Auf Position zwei hört er nur mich und auf Position
drei nur Sie. Auf Position vier können Sie ihn
hören und auf Position fünf hören wir beide
ihn. Haben Sie das verinnerlicht?

Klient: Ich glaube, das muss ich mir aufschreiben.
Gibt's da nicht modernere und komfortablere
technische Lösungen als diesen alten Bakelitkasten mit seinen Elektronenröhren?

Detektiv: Ich lasse doch nicht Hunderte von Euro auf
Flohmärkten für meine stilechte Sam-Spade-
Detekteimöblierung, um sie dann mit irgend-
welchem elektronischen Hightech-Schnick-
schnack zu verschandeln. Das Ding habe ich
über Ebay einem alten Stasioffizier abgekauft.
Das ist Wertarbeit aus dem VEB Plaste und
Elaste. Und jetzt Schluss mit dem Gelaber,
konzentrieren Sie sich. Zietlow hat Fliedmann
identifiziert, die beiden begrüßen sich gerade.
Halten Sie sich komplett raus, geben Sie Zietlow nur Hilfestellung, wenn er das vereinbarte

Handzeichen gibt. Und schalten Sie das Ton-
bandgerät für die Aufzeichnung an.

Klient: Zu Befehl, Colonel. (…) Verdammter Mist!

Detektiv: Was immer es ist, heben Sie es sich für das
Debriefing auf.

Klient: Geht nicht.

Detektiv: Okay, Fliedmann und Zietlow scheinen gut
ins Gespräch zu kommen. Wir haben einen
Moment Zeit. Was also ist Mist? Und was ist
das für ein komisches Zischen?

Klient: Na ja – ich habe mir eben einen Whisky ein-
geschenkt, hatten Sie mir ja empfohlen. Dann
habe ich das halb volle Glas auf der Spule des
Tonbandgerätes abgestellt. Nicht absichtlich,
war einfach nirgendwo Platz sonst. Und als
ich die Aufnahme …

Detektiv: Sagen Sie nichts. Ich *will* es nicht wissen.

Klient: Woher sollte ich denn wissen, dass diese Spule
beginnt, sich zu drehen? Jedenfalls ist das Glas
auf den Sender gekippt und der Bruichladdich
ist in die Lüftungsschlitze gelaufen. Da kommt
jetzt etwas Rauch aus dem Bakelitkasten, Karl.
Es hat es kurz gebizzelt, dann hat eine der vier
großen Röhren aufgehört zu leuchten, und
jetzt kommt Rauch raus. Ist das schlimm?

Detektiv: Nehmen Sie den alten Ventilator von meinem Schreibtisch und pusten Sie Luft in die Schlitze, damit es schneller trocknet. Wir müssen unbedingt weitere Kurzschlüsse verhindern. Was ist da hinten los? Zietlow redet plötzlich so laut und fummelt sich hektisch am Ohr herum. Wahrscheinlich hat er extreme Störgeräusche durch Ihre verdammte Whiskydusche. Fliedmann wird gleich Verdacht schöpfen.

Klient: Sieht so aus, als würde er versuchen, sich den Ohrstecker rauszuziehen. Jetzt hat er es geschafft, das Ding ist draußen. Aber Fliedmann schaut ziemlich konsterniert.

Detektiv: Jetzt ist Zietlow auf sich allein gestellt. Er muss improvisieren. Wenn er gut ist, erzählt er irgendwas von einem Hörgerät.

Klient: Ich habe hier relativ starke Rauchentwicklung, Karl. Ich denke, ich mache mal kurz das Fenster auf und die Jalousie hoch, damit es besser abzieht. Da klopft übrigens jemand an die Tür Ihrer Detektei.

Detektiv: Ignorieren Sie das! Fliedmann hat sich offenbar wieder beruhigt. Zietlow macht seine Sache gut. Jetzt heißt es abwarten. Mit etwas Glück ist die Akte Welders in ein paar Minuten geschlossen.

Klient: Ah, die frische Luft tut gut. So, dann wollen wir mal wieder einen Blick durch den Feldstecher werfen. Huch, warum gucken die alle zu mir hoch?

Detektiv: Na ja, vielleicht hat es damit zu tun, dass Menschen, die an Fenstern stehen, aus denen Rauch quillt, sich dabei nur selten mit Feldstechern eine Bar auf der anderen Straßenseite anschauen. Meist sind sie mit anderen Dingen beschäftigt – Feuer löschen, ›Hilfe‹ schreien, Feuerwehr anrufen, sich in Sicherheit bringen. Solche Sachen.

Klient: Machen Sie sich lustig über mich?

Detektiv: Mir ist scheißegal, was Sie machen, aber gehen Sie weg vom Fenster und sorgen Sie dafür, dass meine Detektei nicht komplett abfackelt. Sonst könnte die Situation etwas aus dem Ruder laufen. Irgendwas stimmt da nicht mit den beiden, Fliedmann erscheint jetzt wieder ziemlich aufgeregt. Warum hören wir die beiden nicht? Stellen Sie den Drehschalter auf Position fünf!

Klient: Drehschalter auf Position fünf, Befehl ausgeführt. Ich kann die beiden immer noch nicht hören. Sie?

Detektiv: Negativ. Der verdammte Kurzschluss. Fliedmann gestikuliert wild, da scheint etwas in eine völlig falsche Richtung zu laufen.

Klient: Karl?

Detektiv: Was ist los?

Klient: Der Mensch an der Tür ist hartnäckig. Soll ich
            kurz Bescheid sagen, dass Sie nicht zu spre-
            chen sind?

Detektiv: Ich sagte ignorieren. Sie bleiben auf Position.
            Das sieht nicht gut aus, die beiden haben eine
            ziemlich heftige Diskussion.

Klient: Karl?

Detektiv: Was zum Teufel ist jetzt schon wieder?

Klient: Ich glaube, mir ist es gerade eingefallen.

Detektiv: Diese wichtige Sache, die Sie vergessen hat-
            ten?

Klient: Positiv.

Detektiv: Und?

Klient: Ich bin mit Karin verabredet. Ihrer Exfrau.

Detektiv: Jacques, ich komme gleich hoch zu Ihnen und
            trete Ihnen mit Anlauf in den Arsch. Wollen
            Sie jetzt in der heißen Phase die Einsatzzen-
            trale verlassen, um irgendwo mit meiner Ex
            einen Beaujolais zu zwitschern?

Klient: Nicht irgendwo.

Detektiv: Was bedeutet ›nicht irgendwo‹? Reden Sie
             Klartext. Verdammt, Fliedmann steht auf, das
             sieht nicht gut aus.

Klient: Ich bin mit ihr unten in der Bar verabredet.
             Die, in der Sie gerade sitzen.

Detektiv: Lieber Jacques. Ob Sie sich mit Karin irgend-
             wann hier unten die Leber tapezieren, interes-
             siert mich einen Dreck. Von mir aus können
             Sie es meiner Ex hier auf der Theke besorgen
             mit Ihrer französischen Salatgurke. Wir brin-
             gen diese Mission zu Ende, und danach geht
             jeder seiner Wege. Zietlow steht jetzt auch auf.
             Scheiße, die beiden sehen aus, als würden sie
             sich gleich gegenseitig eine reinhauen.

Klient: Nicht irgendwann, Karl. Es sollte so ein klei-
             nes Jubiläumstreffen werden. Weil wir in die-
             ser Bar vor genau vier Wochen zum ersten Mal
             gemeinsam einen Kaffee getrunken haben.
             Nachdem wir uns hier unten an Ihrem Brief-
             kasten kennengelernt hatten.

Detektiv: Okay. Wenn ich Sie richtig verstehe, könnte
             hier innerhalb der nächsten halben Stunde
             durchaus meine Exfrau auftauchen?

Klient: Nicht innerhalb der nächsten halben Stunde.
             In den nächsten dreißig Sekunden. Sie über-

quert gerade die Rheinstraße. Oh Gott, Karl! Sehen Sie, was ich sehe? Fliedmann reißt Zietlow das Hemd auf und entdeckt die Verkabelung!

Detektiv: Nicht nur das.

Klient: Was meinen Sie damit?

Detektiv: Zietlow hat keine Operationsnarbe. Soll er Fliedmann erklären, die Ärzte hätten ihm das neue Herz intravenös verabreicht?

Klient: Um Gottes willen, wir müssen etwas unternehmen! Aber erst muss ich diesen Typ an Ihrer Tür abwimmeln, der nervt.

Detektiv: SIE BLEIBEN AUF POSITION! Scheiße, Karin hat mich entdeckt. Hören Sie jetzt gut zu. Ich improvisiere hier unten einen Notausgang und werde versuchen, die Situation einigermaßen glimpflich abzuwickeln. Und wenn ich das hinter mir habe, komme ich zu Ihnen hoch und bringe Sie um, Jacques. Ganz langsam. Wie, weiß ich noch nicht, aber es wird sehr lange dauern. Wie guter Sex. Ich will das genießen. Jacques? Hören Sie mich überhaupt? Sind Sie noch auf Empfang?

5

Detektiv: Ich versuche schon seit Stunden, Zietlow zu erreichen. Haben Sie mit ihm gesprochen?

Klient: Negativ. Wie vom Erdboden verschwunden.

Detektiv: Was ist mit Ihrem Freund Fliedmann? Warum hat er Verdacht geschöpft?

Klient: Zuerst mal einen Bruichladdich on the rocks, bitte. Ich brauche Nervennahrung (…) Danke. In der Anfangsphase lief das Gespräch ganz vielversprechend. Aber nach meinem kleinen Missgeschick muss Zietlows Empfänger völlig übersteuert gewesen sein. Er hatte wohl nur eine Wahl: Entweder lauter reden, um seine eigene Stimme noch zu verstehen, oder den Stöpsel aus dem Ohr ziehen, und auf meine Anweisungen und Hilfestellungen zu verzichten. Er entschied sich erst mal dafür, lauter zu sprechen. Fliedmann war es unangenehm, über ein sehr privates Thema so laut zu plaudern, dass die Leute an der Nachbartischen mithören konnten. Er forderte Welders – also Zietlow, unseren Schauspieler – auf, leiser zu sprechen. Zietlow war in der Zwickmühle, entschied sich schließlich dazu, den Stöpsel zu ziehen. Er war dann auf sich allein gestellt, wurde unsicher, fing an – Improvisationstheater hin oder her – wirres Zeug zu reden. Fliedmann schöpfte schließlich Verdacht, die Situation eskalierte ... Aber was erzähle ich, Sie haben ja alles mit angesehen.

Detektiv: Und? Ich meine, konnten Sie Fliedmanns Misstrauen zerstreuen?

Klient: Ich habe ihm erzählt, Welders wäre schwerhörig und hätte wohl Probleme mit seinem Hörgerät gehabt. Außerdem sei er seit der Transplantation etwas verwirrt und psychisch angeschlagen und befände sich in therapeutischer Behandlung.

Detektiv: Also die gleiche Geschichte, die Sie mir zu Anfang aufgetischt haben. Und das hat er Ihnen abgekauft?

Klient: Ich kann sehr überzeugend lügen, Karl.

Detektiv: Aber was ist mit der Narbe? Ihr Freund hat Zietlow das Hemd aufgerissen!

Klient: Das ist in der Tat seltsam. Mein Freund hat nichts von einer fehlenden Narbe erwähnt.

Detektiv: Das ist unmöglich.

Klient: Wissen Sie, was ich vermute? Dieser Zietlow ist doch so ein Method-Acting-Fanatiker. Einer, der tagelang *in character* lebt. Ich vermute, Zietlow hat sich schon Stunden oder Tage vorher von einem Maskenbildner am

Staatstheater eine Narbe auf die Brust modellieren lassen, um sich richtig in seine Rolle als Transplantierter hineinversetzen zu können. Jedenfalls konnte ich meinen Freund einigermaßen beruhigen. Und davon überzeugen, dass weitere Treffen mit Welders nicht zielführend sind. Er ist schon auf dem Rückweg nach München. Wir haben also alles in allem guten Grund, zufrieden zu sein mit unserem Einsatz. Wie Sie da unten die Kuh vom Eis geholt haben – das war wirklich Rettung in letzter Sekunde! Wie fanden Sie unsere kleine Inszenierung rückblickend? Gut, im Detail ist nicht alles so rund gelaufen, wie wir uns das vorgestellt haben. Aber für die erste gemeinsame Aktion war's doch gar nicht so übel, finden Sie nicht?

Detektiv: Nicht übel? Ein Armageddon war das. Der Untergang. Die Apokalypse. Nemesis. Und was soll diese Formulierung: ›erste gemeinsame Aktion‹?

Klient: Na ja ... Ich dachte, jetzt, nachdem wir unsere erste gemeinsame Feuerprobe bestanden haben, könnten wir doch in Zukunft ...

Detektiv: Wenn Sie noch mal das Wort ›gemeinsam‹ verwenden, schmeiße ich Sie aus dem Fenster.

Klient: Jetzt mal im ernst, Karl. Ich finde, wir zwei gäben ein gutes Detektivteam ab. Ich wäre der kultivierte, intellektuelle Profiler, und Sie würden auf der Straße die handfesten Aufgaben erledigen.

Detektiv: Sie wollen in meiner Detektei einsteigen? Eher würde ich mir mit meiner Ruger ins Knie schießen.

Klient: Herrgott, jetzt seien Sie doch nicht so nachtragend. Immerhin hatten Sie durch mein kleines Missgeschick mal wieder Gelegenheit, unmittelbar mit Ihrer Exfrau zu kommunizieren. Nicht über die Anwälte, meine ich. Eine Schlägerei ist schließlich auch eine Form von Kommunikation. Wie haben Sie Karin eigentlich dazu gebracht, Ihnen sofort und ansatzlos eine zu scheuern?

Detektiv: Ich habe ihr die umgedrehte Speisekarte gereicht und gesagt, im Rahmen meiner Recherchen über Sie wäre mir eine Ihrer Krankenakten in die Finger gekommen. Sie wären HIV-positiv, hätten Hepatitis C und Syphilis. Jetzt schauen Sie nicht so gekränkt drein, Jacques. Sie haben uns diesen Mist schließlich eingebrockt! Es musste schnell gehen, Improvisation war angesagt. Der Zweck heiligt die Mittel.

Klient: Jetzt verstehe ich auch, warum Karin nichts mehr von mir wissen will! Ich muss sie sofort davon überzeugen, dass an diesen Diagnosen nichts dran ist.

Detektiv: Machen Sie sich da nicht zu viele Hoffnungen. Solche Behauptungen hängen an einem dran wie Klebstoff, wenn sie erst einmal im Raum standen. Im Zweifel gegen den Angeklagten.

Klient: Aber Sie hätten doch nicht gleich zurückschlagen müssen. Sie ist schließlich eine Frau!

Detektiv: Das ging als Retourkutsche für die Schlägerbande völlig in Ordnung. Außerdem kam es auf eine schnelle und wirksame Eskalation der Auseinandersetzung an. Der Erfolg gibt mir recht. Fliedmann war durch unseren kleinen Rosenkrieg gerade lange genug abgelenkt, um Zietlow einen stillen Rückzug zu ermöglichen.

Klient: Sie haben völlig recht. Kollateralschäden sind nie ganz zu vermeiden. Jetzt heißt es also endgültig Abschied nehmen, Karl. Sie sehen etwas schlapp aus, geht es Ihnen gut? Ist Ihnen der Einsatz auf den Magen geschlagen?

Detektiv: Geht so. Seit der kleinen Spezialbehandlung durch diese Schlägertruppe stehe ich irgendwie neben mir. Normalerweise müsste ich doch von Tag zu Tag fitter werden. Aber eigentlich ist das Gegenteil der Fall. Mir ist warm, ich glaube, ich habe leichtes Fieber. Vielleicht sollte ich mich doch mal richtig durchchecken lassen.

Klient: Liegt vielleicht an den Zigaretten und dem Whisky. Haben Sie an die Gerinnungshemmer gedacht? Jeden Tag eine Injektion? Wenn Sie keine vergessen haben, müsste heute die letzte dran sein.

Detektiv: Die letzte habe ich mir heute morgen in die Bauchdecke gejagt. Sie sind ja rührend um mich bemüht, Dr. Lakan. Wie sind Sie eigentlich an diese Ampullen gekommen? Die kauft man bestimmt nicht einfach so, ohne Rezept.

Klient: Ich sagte Ihnen doch, ich habe ein paar Semester Medizin studiert.

Detektiv: Aber muss man da in der Apotheke nicht seine Abopr... ähm, ich meine die Abobra...

Klient: Die Approbation meinen Sie? Ja sicher, eigentlich schon. Zerbrechen Sie sich darüber nicht den Kopf.

Detektiv: Und wenn ich mich recht erinnere, haben Sie mir die Ampullen lose gegeben, nicht in einer Schachtel verpackt. Haben Sie die Verpackung noch? Ich würde mir gerne den Beipackzettel ansehen wegen der Nebenwirkungen.

Klient: Unsinn. Sie wollen sehen, ob auf der Verpackung echte Blindenschrift aufgeprägt ist. Um Himmels willen, Karl. Wie wäre es zur Abwechslung mal mit ein ganz wenig Vertrauen? Halten Sie es denn für so unmöglich, dass Ihnen ein Mitmensch einfach nur mal Gutes tun will?

Detektiv: Ich glaube nicht an Selbstlosigkeit.

Klient: Nun, ich schon. Ich sorge mich um Sie. Mir ist wichtig, dass Sie bekommen, was Sie verdienen. Und Sie verdienen es doch, wieder gesund zu werden. Sie haben doch noch große Pläne für die Zukunft! Was ist mit Ihren literarischen Ambitionen? Wie wird es mit Vince Stark und Olivia Spirelli weitergehen? Wollen Sie das Angebot meiner Lektorin wirklich ausschlagen?

Detektiv: Wir haben noch mal nachverhandelt und eine Lösung gefunden. Ich werde das Manuskript etwas überarbeiten, Olivia Spirelli stärker in den Mittelpunkt rücken und Vince Stark in einer Nebenrolle positionieren. Wenn ich dann noch die ökologischen und politischen Schwerpunkte etwas reduziere, die Beziehungsebene stärker betone und den Schauplatz nach Cornwall verlege, ist der Verlag bereit, das Werk mit einer Startauflage von 5.000 Stück in der Reihe ›Gefährliche Leidenschaft‹ unterzubringen.

Klient: Tatsächlich? Unter Ihrem Pseudonym Raoul Rockwell?

Detektiv: Das geht natürlich nicht. Zu reißerisch, zu hart, sagt die Lektorin. Wir haben uns vorerst auf den Autorennamen ›Sergio Sentimento‹ geeinigt.

Klient: Hm, das klingt doch sehr poetisch, gefühlvoll und – zugegeben – ein wenig feminin. Sie wirken nicht ganz glücklich über diese Entwicklung, Karl. Ärgern Sie sich nicht drüber. Als Autor muss man am Anfang immer bereit sein, Zugeständnisse zu machen und Kompromisse einzugehen. Wenn Sie erst den Durchbruch geschafft haben, können *Sie* die Bedingungen diktieren!

Detektiv: Sie müssen es wissen. Was ist mit Ihrer Krimireihe, Jacques? Werden Sie Alfonse Antolini wieder genesen lassen?

Klient: Ich denke ja. Ich habe da schon eine Idee.

Detektiv: Verraten Sie mir mehr?

Klient: Warum nicht? Antolini braucht definitiv ein Spenderorgan, um zu überleben. Und durch einen noch zu konstruierenden dramaturgischen Kniff landet der potenzielle Spender in Antolinis Praxis als Analysand auf der Couch.

Detektiv: Das ist genial. Wie bringt Antolini ihn um?

Klient: Überhaupt nicht. Nicht direkt jedenfalls. Anto-
            lini beginnt eine ganz normale psychoanalyti-
            sche Therapie mit seinem neuen Patienten. Nur
            dass diese Analyse nicht das Ziel hat, den Patien-
            ten von seinen Neurosen zu befreien, …

Detektiv: … sondern das Ziel, ihn in den kalkulierten
            Suizid zu treiben! Er manipuliert das Unter-
            bewusstsein seines Patienten, bis sich dieser
            das Leben nimmt. Psychoanalyse als Waffe,
            Therapieziel Tod. Der perfekte Mord. Sie sind
            ein Genie, Jacques!

Klient: Nun ja, man gibt sich Mühe. Erinnern Sie
            sich an unser Gedankenspiel, Karl? Unsere
            Gespräche hier in Ihrer Detektei, verdichtet
            zu einem Kammerspiel auf der kleinen Bühne
            des Staatstheaters? Nähmen wir einmal an,
            es wäre so: Wie könnten wir den Zuschauer
            jetzt noch mit einer zündenden Schlusspointe
            überraschen?

Detektiv: Keine Ahnung, Jacques. Ich fühle mich leer
            und ausgebrannt. Zum Fabulieren fehlt mir
            die Energie. Und mir geht diese Szene zwi-
            schen Zietlow und Fliedmann unten vor der
            Bar nicht aus dem Kopf. Und diese Sache mit
            dem Whisky im Abhörgerät.

Klient: Ich bitte nochmals in aller Form um Entschul-
            digung für dieses Versehen. Ich verspreche
            Ihnen, für den Schaden …

Detektiv: Ein Versehen? Tonbandgeräte sind vielleicht nicht mehr sehr verbreitet, aber dass sich diese Spulen drehen, wenn man eine Aufnahme startet …

Klient: … hätte ein Mann in meinem Alter wissen müssen. Sorry noch mal.

Detektiv: Es sei denn …

Klient: Was?

Detektiv: Es sei denn, es war Absicht.

Klient: Ich schlafe doch schon mit Ihrer Exfrau. Mehr Kränkung geht eigentlich gar nicht. Warum sollte ich Ihnen noch Ihr elektrisches Spielzeug kaputt machen?

Detektiv: Vielleicht ging es nicht darum, mich zu ärgern. Vielleicht sollte ich nicht mit anhören, was zwischen Fliedmann und dem jungen Schauspieler passierte.

Klient: Warten Sie, ich hole mir gleich einen Block und einen Stift für Notizen. Ihre Fieberfantasien sind eine Goldgrube für jeden Autoren. Warum also durften Sie die Auseinandersetzung nicht mit anhören?

Detektiv: Weil dieser Herr am Tisch gar nicht Fliedmann war, sondern ein völlig Unbeteiligter.

Klient: Der sich einfach so mit unserem Schauspieler eine hitzige Auseinandersetzung liefert?

Detektiv: Wie würden Sie reagieren? Sie sitzen entspannt in einem Café, ein junger Mann setzt sich plötzlich zu Ihnen, erzählt Ihnen eine wirre Geschichte über das Herz Ihrer Tochter, das angeblich in seiner Brust schlägt? Nicht die Art von Erlebnis, bei dem man cool sitzen bleibt, wenn Sie mich fragen. Ich würde zu gern Zietlow zu der Auseinandersetzung befragen. Leider ist er nicht mehr zu erreichen seit seinem Einsatz. Hatten Sie Kontakt mit ihm?

Klient: Nein. Ich habe ihn umgebracht. So wie ich Fliedmann umgebracht habe und auch Sie umbringen werde. Und Ihre Exfrau natürlich. Ich bin ein verdammter Serienkiller. Bestsellerautor und Serienkiller.

Detektiv: Warum werden Sie so sarkastisch, Jacques? Sie legen schon seit Beginn unseres Gespräches heute so einen drohenden, provokanten Unterton auf. Und dann dieser lauernde Blick. Ganz abgesehen davon, dass Ihr Whiskyglas gleich zerbricht, wenn Sie es weiter so fest umklammern. Ihnen ist doch gar nicht nach leichtem Small Talk zumute. Raus mit der Sprache, was liegt Ihnen auf dem Herzen?

Klient: Interessiert Sie gar nicht, wer an der Tür Ihrer
            Detektei klopfte, während Sie sich unten in
            der Bar mit Ihrer Exfrau geprügelt haben?

Detektiv: Sie sollten nicht zur Tür gehen. Ich habe Ihnen
            ausdrücklich befohlen, auf Position zu blei-
            ben!

Klient: Ich wollte nur schnell Bescheid sagen, dass Sie
            nicht zu sprechen sind. Da stand meine Tochter
            vor mir, bekleidet mit einem Trenchcoat. Und
            drunter nichts als ein rosafarbenes Negligé.

Detektiv: Jacques, ich ...

Klient: Möchten Sie mir jetzt etwas sagen, Karl?

Detektiv: Ich kann das alles erklären ...

Klient: ›Cécile‹ – wie sind Sie nur auf diesen bescheu-
            erten Namen gekommen? Ich hätte sofort Ver-
            dacht schöpfen müssen, als Sie einige Sekun-
            den überlegen mussten, wie Ihre neue junge
            Freundin überhaupt heißt.

Detektiv: Es ist nicht das, was Sie denken, Karl. Es ist
            nur ...

Klient: ... nur Sex? Ist es das, was Sie sagen woll-
            ten? Mein Gott, meine Tochter geht mit einem
            schäbigen, alkoholkranken, alten Schnüffler
            ins Bett. Das ist so entwürdigend.

Detektiv: Ich muss doch sehr bitten. Außerdem kann ich Ihnen alles erklären …

Klient: Dann erklären Sie mir zuerst, wann und wie Sie meine Tochter kennengelernt haben. Ist das Ganze eine Vergeltungsaktion wegen meiner Beziehung mit Ihrer Exfrau?

Detektiv: Nicht doch. Es ist etwa zwei Wochen her, ich beschattete Karin vor ihrer neuen Wohnung. Da sah ich Sie mit Ihrer Stefanie vorfahren. Sie stiegen aus, und die Art, wie Sie sich von ihr verabschiedeten, bevor Sie zu Karin hochgingen … Ich dachte mir gleich, es kann nur Ihre Tochter sein. Ich fuhr ihr nach, nachdem sie Sie abgesetzt hatte, einfach so, ohne Hintergedanken.

Klient: *Natürlich* hatten Sie keine Hintergedanken!

Detektiv: Reine Neugier, glauben Sie mir! Ich war völlig in Gedanken versunken, an einer roten Ampel in der Kasinostraße wäre ich ihr fast hinten draufgefahren, musste eine Vollbremsung machen. Sie ist wahnsinnig erschrocken, ist gleich ausgestiegen …

Klient: Und um sie zu beruhigen, haben Sie sie zum Abendessen eingeladen!

Detektiv: Mein Gott, Jacques! Wenn Sie mir nicht vorher erzählt hätten, dass sie auf reife Männer steht, hätte ich nie gewagt …

Klient: Also bin *ich* daran schuld, dass sie mit Ihnen im Bett gelandet ist?

Detektiv: Jetzt nehmen Sie die Sache doch nicht so persönlich. Sie ist kein Kind mehr. Puh, offen gesagt bin ich froh, dass die Wahrheit endlich auf dem Tisch ist. Richtig erleichtert. Und um noch mal auf Ihren Einfall mit dem gemeinsamen Wochenende im Elsass zurückzukommen – ich finde die Idee gar nicht so schlecht! Jetzt, wo wir beide keine Geheimnisse mehr voreinander haben. Wir bilden ja fast schon eine kleine Patchwork-Familie, finden Sie nicht? Meine Exfrau als potenzielle Stiefmutter Ihrer Tochter, ich als Ihr möglicher Schwiegersohn – und der meiner Exfrau, das ist ja fast schon Stoff für eine Komödie. Habe ich etwas Falsches gesagt? Sie sehen so wütend aus, Jacques. Was machen Sie da an meinem Schreibtisch? Lassen Sie die Schublade bitte zu. Jacques, eine Ruger ist kein Spielzeug, Sie sollten damit nicht auf mich zielen. Sie sollten *niemals* auf andere Menschen zielen.

Klient: Das ist kein Spaß, Karl. Sie sind zu weit gegangen. Ich lasse mich von Ihnen nicht demütigen. Ich erschieße Sie mit Ihrem eigenen Revolver. Hier und jetzt.

Detektiv: Sind Sie sicher? Sie sind sicher. Hm. Okay, akzeptiert. Jeder muss irgendwann mal abtreten. Aber so geht das nicht. Zuerst müssen

Sie die Waffe entsichern, mit dem kleinen Hebel auf der rechten Seite. Ja, genau da. Und dann Ihre Schusshaltung, völlig unprofessionell. Stellen Sie mal die Füße etwas weiter auseinander, den linken weiter nach hinten. Die Ruger hat einen gewaltigen Rückstoß, Sie könnten hintenüberfallen und sich an der Schreibtischkante den Kopf aufschlagen. Umschließen Sie den Griff jetzt fest mit beiden Händen. Wo genau wollen Sie mich eigentlich treffen?

Klient: Ich jage Ihnen die Kugel mitten in Ihr kaltes Herz.

Detektiv: O. k., dann sollten Sie auf diese Distanz etwa zehn Zentimeter tiefer zielen, weil der Rückstoß beim Schuss den Lauf hochzieht. Ich empfehle Ihnen übrigens dringend, die Double-Action-Mechanik der Ruger zu nutzen. Erst den Hahn spannen, dann den Abzug durchziehen. Sie müssen dadurch weniger Kraft aufwenden und können sich besser auf das Zielen konzentrieren. Und erwähnte ich bereits, dass Ihnen ein Kaliber 45 ohne Gehörschutz in einem kleinen, geschlossenen Raum die Trommelfelle zerreißt? Machen Sie mir später keine Vorwürfe, ich hätte Sie nicht gewarnt!

Klient: Schluss mit den dummen Sprüchen, Karl. Ihre Stunde ist gekommen.

Detektiv: Wie Sie meinen. Lassen Sie mich kurz überlegen, haben wir noch etwas vergessen? Ach ja! Das Projektil wird meinen Brustkorb höchstwahrscheinlich durchschlagen und am Rücken wieder austreten, das wird eine richtig schöne Sauerei. Putzeimer und Lappen sind drüben in der Abstellkammer. Außerdem sollten wir wenigstens dieses Mal Kollateralschäden vermeiden. Diese Leichtbauwände sind dünn, Sie möchten doch sicher nicht auch die Sekretärin im Büro nebenan erschießen! Warten Sie, wenn ich mich so hinstelle, müsste die Kugel … Was ist los mit Ihnen Jacques? Schwächeln Sie?

Klient: Hier. Nehmen Sie Ihre verdammte Waffe. Sie haben gewonnen.

Detektiv: Geben Sie schon her. Glauben Sie mir, es ist besser so. Respekt, Jacques. Das war sehr eindrucksvoll! Sie imponieren mir. Sie wirkten sehr entschlossen. Sie hatten den Killerblick. Sie waren wirklich bereit zu töten. Auch in Ihnen steckt ein Raubtier!

Klient: *Sie* haben mich so weit gebracht.

Detektiv: Unsinn. Sie sind einfach unfähig, sich von Ihrer Tochter loszusagen. Sie ertragen nicht, dass sie erwachsen wird und sich von Ihnen löst. Die angemessene Reaktion auf eine Trennung ist nicht Wut, sondern Trauer, Jacques.

Klient: Den Spruch haben Sie von mir.

Detektiv: Schon möglich. Wir lernen eben voneinander.
            Ich glaube, dies ist der Beginn einer wunder-
            baren Freundschaft.

EPILOG

Der Fallberater der Arbeitsagentur schaute sich ängstlich um, während er sprach, als könne sich außer ihm und Rünz noch ein Dritter im Raum befinden, versteckt hinter einem Aktenschrank, und dem Gespräch der beiden lauschen.

»Was wollen Sie schon wieder hier? Ich habe Ihnen über diesen Welders bereits viel zu viel erzählt. Wenn Sie noch mehr Informationen ...«

»Ich bin nicht wegen Welders hier«, unterbrach ihn Rünz. »Es geht um mich.«

Der Sachbearbeiter schaute ihn verdutzt und sprachlos an.

»Sie betreuen die Buchstaben R bis Z. Reiner Zufall, dass ich auch zu Ihren Kunden gehöre«, erklärte Rünz.

»Sie suchen Arbeit? Ich dachte, Sie hätten eine Detektei.«

»Die läuft nicht so, wie ich mir das vorgestellt habe. Ich brauche irgendeinen Teilzeitjob für die monatliche Grundlast. Sie verstehen, was ich meine? Miete, Strom, Wasser, Lebensmittel.«

»Hm. Sie haben mal im Polizeidienst gearbeitet, entnehme ich Ihren Unterlagen. Wir haben da gerade eine Anfrage vom Präsidium Südhessen reinbekommen, die scheinen ein ganz dickes Outsourcing-Programm zu starten und suchen händeringend nach freien Mitarbeitern. Ich hatte gerade erst ein Telefonat mit dem Leiter des Präsidiums. Vielleicht kennen Sie ihn ja – Hofen heißt der, oder so ähnlich. Machte einen ziemlich engagierten Eindruck.«

»Ähm, das ist keine so gute Idee, glaube ich. Noch andere Optionen?«

»Dann wäre da noch eine offene Position in einem Baumarkt in der Otto-Röhm-Straße. Der Filialleiter hat vor drei Monaten seinen Ladendetektiv gefeuert und bisher keinen Nachfolger gefunden.«

»Würde ich jetzt auch erst mal nach hinten setzen, von der Priorität her. Sonst noch etwas im Angebot?«

»Na ja, ich weiß nicht, dafür sind Sie sicher überqualifiziert ...«

»Sagen Sie schon!«

»Das hessische Landesmuseum hat ja gerade frisch eröffnet. Die suchen noch einen Nachtwächter.«

»Das klingt gut. Sehr gut.«

ENDE

Christian Gude
Kontrollverlust
978-3-8392-1083-3

»Ironisch, zynisch, politisch unkorrekt. Sie vereinen präzise wissenschaftliche Recherche mit Wortwitz und sprachlicher Finesse!«

Zwanzig Jahre Mordkommission hinterlassen Spuren. Auch bei Hauptkommissar Karl Rünz, der sich neuerdings als Kriminautor versucht und deshalb überhaupt keinen Sinn für die Pläne seines karriereorientierten Vorgesetzten hat. Wie dumm, dass just zu diesem Zeitpunkt in einem Nachbarort Darmstadts ein toter Schmied in seiner Werkstatt gefunden wird und sich Rechtsmediziner Bartmann partout nicht dazu überreden lässt, eine natürliche Todesursache zu diagnostizieren. Was zunächst nach einem Routinefall aussieht, entwickelt sich bald zu einem ausgewachsenen Problem für Rünz, an dessen rascher Lösung nicht nur die US Air Force größtes Interesse hat ...

Wir machen's spannend

Christian Gude
Homunculus
978-3-8392-1013-0

»›Homunculus‹ ist eine faszinierende Reise
durch die Wissenschaftsstadt Darmstadt. Mit
einem Reiseleiter, den man nur lieben oder
hassen kann.«

Technische Universität Darmstadt. Ein Team hochspeziali-
sierter Informatiker und Ingenieure arbeitet an einem gehei-
men Projekt: der Entwicklung des weltweit leistungsfähigs-
ten und intelligentesten humanoiden Roboters.

Bei der feierlichen Verabschiedung des Landespolizei-
präsidenten im neuen Darmstädter Kongresszentrum wird
der Android erstmals der Öffentlichkeit vorgestellt. Doch
die Veranstaltung endet im Fiasko – und Kommissar Rünz
hat einen neuen Fall.

Wir machen's spannend

Christian Gude
Binärcode
978-3-89977-762-8

»Ein bisschen wie Dan Brown, nur viel
niveauvoller und unterhaltsamer!«
Spektrum der Wissenschaft

Hauptkommissar Karl Rünz gerät auf einer Brachfläche im
Norden Darmstadts in einen Hinterhalt. Ein Unbekannter
fällt einem Scharfschützen zum Opfer, und beinahe hätte es
auch ihn erwischt.

Kaum aus dem Krankenhaus entlassen, steht Rünz vor
zwei existenziellen Fragen: ›Werde ich wirklich mit Nordic
Walking anfangen?‹ und ›Wer hat diesen dicken Italiener er-
mordet?‹ Und dann ist da noch dieses rätselhafte verschlüs-
selte Signal, auf das er sich keinen Reim machen kann.

Wir machen's spannend

Unsere Lesermagazine

2 x jährlich das Neueste aus der Gmeiner-Bibliothek

Alle Lesermagazine erhalten Sie in Ihrer Buchhandlung oder unter www.gmeiner-verlag.de.

24 x 35 cm, 32 S., farbig; inkl. Büchermagazin »nicht nur« für Frauen

10 x 18 cm, 16 S., farbig

GmeinerNewsletter

Neues aus der Welt der Gmeiner-Romane

Haben Sie schon unsere GmeinerNewsletter abonniert?

Monatlich erhalten Sie per E-Mail aktuelle Informationen aus der Welt der Krimis, der historischen Romane und der Frauenromane: Buchtipps, Berichte über Autoren und ihre Arbeit, Veranstaltungshinweise, neue Literaturseiten im Internet und interessante Neuigkeiten.

Die Anmeldung zu den GmeinerNewslettern ist ganz einfach. Direkt auf der Homepage des Gmeiner-Verlags (www.gmeiner-verlag.de) finden Sie das entsprechende Anmeldeformular.

Ihre Meinung ist gefragt!

Mitmachen und gewinnen

Wir möchten Ihnen mit unseren Romanen immer beste Unterhaltung bieten. Sie können uns dabei unterstützen, indem Sie uns Ihre Meinung zu den Gmeiner-Romanen sagen! Senden Sie eine E-Mail an gewinnspiel@gmeiner-verlag.de und teilen Sie uns mit, welches Buch Sie gelesen haben und wie es Ihnen gefallen hat. Alle Einsendungen nehmen automatisch am großen Jahresgewinnspiel mit attraktiven Buchpreisen teil.

Wir machen's spannend